U0855564

爱听老舍Ⅲ：
散文精选集

老舍 著

段纯 播讲

中国国际广播出版社

出版说明

为纪念伟大的文学家、人民艺术家老舍先生逝世五十周年，中国国际广播出版社出版了“爱听系”丛书三种：《爱听老舍Ⅰ：短篇小说精选集》《爱听老舍Ⅱ：短篇小说精选集》《爱听老舍Ⅲ：散文精选集》，收录老舍经典、幽默、适合播讲的作品，并特邀中国国际广播电台著名主持人段纯进行京字京腔京音京韵播讲，原汁原味地呈现老舍作品的京味儿。随书附赠MP3光盘，亦可扫描二维码收听全书播讲音频。

鉴于入选作品为老舍在不同时期所写，编辑在加工文字的过程中，遵循的原则是：第一，保留老舍写作时的遣词用字、语法、标点符号和外国人名、地名等的译名，比如“偶而”“身分”“作皇上”“阔老”“晏请”“好吃懒作”“接联不断”“原故”“我慢慢的走出去”“端阳，中秋，新年”“大概是光绪三十年前的一、二年”“弗洛衣德”“爱因司坦”“科仑布”“堪司坦丁堡”“罗曼司”；第二，用作比喻意义的“象”“好象”改为“像”“好像”；第三，在保持老舍原来遣词用字的基础上，编辑还对原文的错误之处进行了勘正，比如“印席”勘正为“印度”，“筑竹寺”勘正为“筇竹寺”，“园通公园”勘正为“圆通公园”。

有不当之处，敬希读者诸君指正。

关注“阅库”

微信号 readercool

回复每篇作品名称

即可收听全文播讲

中国国际广播出版社

何冰致段纯的一封信

段纯：

你好！

你让我写个序，可哥哥不会写，再说写序通常是一个高手对作者的推介和读解，我也没有这个自信。不过好在我也指着练嘴为生，很想谈谈听后感。

先说说整个感受。接到音频我本想抽空听听或装进手机跑步听。听了几个之后，情况变成了这样：我会选在晚上，全完了事儿，一个人儿坐进沙发，只开台灯，倒杯酒，就着你的朗读，也被你领着进入老舍先生的世界，回到昨天的北京。听这个集子成了我最近一个很享受的事情。

边听我会边想，虽然我们是表兄弟，可我们并不十分了解对方。这是我们交流时间最长的一次。这让我对你有了一些认识。因为朗读这个事儿表演者本人是无处藏身的，你非得有个态度和立场不可，更何况还这么多篇，自己基本上交代给听众了。选的内容就不说了，老舍先生，伟大的作家。我所在的北京人艺到今天看家的戏依然是《茶馆》。读他的作品永远是学习。听得出来你有你的理解。我边听边在内心与你交换对每篇作品的体会。这些作品我都读过，有时你给了我新的一触；有时我们看法一致，我就笑；有时也想和你商榷。这都不重要，老舍先生的作品是可以读一辈子的。随着我们年龄的增长，读到的东西会越来越多，会不一样。但让我高兴的是，在你的朗读中我听到一种恭敬，一种尊重，一种借着朗读表达的你对生活中的美、亲情、优雅、幽默和人情世故的看法。而这一切都饱蘸着忠诚与温暖，我终于知道你喜欢什么了。兄弟，我也喜欢。

嘴里也好，有字儿，清楚。这我得夸你一句，尤其长句子读得好，那里边好些个转折，铺陈，为表达一个意思，不好读。能把叙述和人物语言处理成一句话不容易，那不光需要嘴皮子利索，还得理解才行啊。挺好。北京话有他自己的旋律。当年我们排《茶馆》的时候，舒乙先生给上课就说演老舍先生的戏是有腔调的。这句话听着有问题，这不是要文艺腔吗？不是。因为老舍先生就是用方言写的，北京话就有腔调。这个腔调里有一整套价值观，有全部的人物关系，有着种种的周全。这个旋律本身是有表情的。老说北京话油滑，是，周全就有油滑的色彩；可也别忘了，周全也有厚道的成分啊。你别说，你掂兑得还挺好。

今天在北京难得听见一帮北京人聊天。我小时候有同学住花儿市，院儿门口老太太聊天儿，我一北京孩子愣听不懂。快到难以想象，嘴里劈了啪啦。但那语言中的相互捧着聊、凑着趣儿说，也有尖酸刻薄，连挖苦带损你能感觉到。似乎交流的内容并不重要，主要是过嘴瘾。他们的内心呐？应该是个挺亲热的劲儿。生活远比我们演得要生动万倍。真好听。反正我有时候还上网看老视频，比如启功先生教写字。不为学写字，为听您说话。官话也好听。其实不论土话、官话，都是我们对少年时内心美好的一种追忆。像凉水拔过的糖拌西红柿、半夜的剩菜汤拌凉米饭，嘴里是香，心里是恬。听你这个集子有这意思，要不，我怎么老弄杯酒呐？

就朗读方面有很多问题可以交流。比如，读老舍先生作品是在演老舍吗？自我该投放多少？演人物该使多大劲儿而不伤叙述？好多问题我也在学习，给不出答案。或者说根本不用想这些，就跟着心走也行。反正最后好听就行。这事儿有时没道理，有人张嘴别人就爱听。我们叫台缘儿，你这叫嘴缘儿，你的嘴缘儿不错。停顿有了，但有时不够狠，你心里有诗，就别管快慢！有的篇章太快了。尽可能少想客观，多想主观。对了！不要被语言带走，语言是为意思服务的。控制得不错，但要常提醒自己：最熟悉的东西最容易成壳儿。

祝贺你！完成了一个作品！

问家人好

冬安！

冰哥

2016.12

目　录

可是我既不落泪，也不狂歌，我只静静的躺着。

——《抬头见喜》

抬头见喜

对于时节，我向来不特别的注意。拿清明说吧，上坟烧纸不必非我去不可，又搭着不常住在家乡，所以每逢看见柳枝发青便晓得快到了清明，或者是已经过去。对重阳也是这样，生平没在九月九登过高，于是重阳和清明一样的没有多大作用。

端阳，中秋，新年，三个大节可不能这么马虎过去。即使我故意躲着它们，账条是不会忘记了我的。也奇怪，一个无名之辈，到了三节会有许多人惦记着，不但来信，送账条，而且要找上门来！

设若故意躲着借款，着急，设计自杀等等，而专讲三节的热闹有趣那一面儿，我似乎是最喜爱中秋。

“似乎”，因为我实在不敢说准了。幼年时，中秋是个很可喜的节，要不然我怎么还记得清清楚楚那些“兔儿爷”的样子呢？有“兔儿爷”玩，这个节必是过得十二分有劲。可是从另一方面说，至少有三次喝醉是在中秋；酒入愁肠呀！所以说“似乎”最喜爱中秋。

事真凑巧，这三次“非杨贵妃式”的醉酒我还都记得很清楚。那么，就说上一说呀。第一次是在北平，我正住在翊教寺一家公寓里。好友卢嵩庵从柳泉居运来一坛子“竹叶青”，又约来两位朋友——内中有一位是不会喝的——大家就抄起茶碗来。坛子虽大，架不住茶碗一个劲进攻；月亮还没上来，坛子已空。干什么去呢？打牌玩吧。各拿出铜元百枚，约合大洋七角多，因这是古时候的事了。第一把牌将立起来，不晓得——至今还不晓得——我怎么上了床。牌必是没打成，因为我一睁眼已经红日东升了。

第二次是在天津，和朱荫棠在同福楼吃饭，各饮绿茵陈二两。吃完饭，到一家茶肆去品茗。我朝窗坐着，看见了一轮明月，我就吐了。这回决不是酒的作用，毛病是在月亮。

第三次是在伦敦。那里的秋月是什么样子，我说不上来——也许根本没有月亮其物。中国工人俱乐部里有多人凑热闹，我和沈刚伯也去喝酒。我们俩喝了两瓶葡萄酒。酒是用葡萄还是葡萄叶儿酿的，不可得而知，反正价钱很便宜；我们俩自古至今总没作过财主。喝完，各自回寓所。一上公众汽车，我的脚忽然长了眼睛，专找别人的脚尖去踩。这回可不是月亮的毛病。

对于中秋，大致如此——无论如何也不能说它坏。就此打住。

至若端阳，似乎可有可无。粽子，不爱吃。城隍爷现在也不出巡；即使再出巡，大概也没有跟随着走几里路的兴趣。樱桃真是好东西，可惜被黑白桑葚给带累坏了。

新年最热闹，也最没劲，我对它老是冷淡的。自从一记事儿起，家中就似乎很穷。爆竹总是听别人放，我们自己是静寂无哗。记得最真的是家中一张《王羲之换鹅》图。每逢除夕，母亲必把它从个神秘的地方找出来，挂在堂屋里。姑母就给说那个故事；到如今还不十分明白这故事到底有什么意思，只觉得“王羲之”三个字倒很响亮好听。后来入学，读了《兰亭序》，我告诉先生，王羲之是在我的家里。

长大了些，记得有一年的除夕，大概是光绪三十年前的一、二年，母亲在院中接神，雪已下了一尺多厚。高香烧起，雪片由漆黑的空中落下，落到火光的圈里，非常的白，紧接着飞到火苗的附近，舞出些金光，即行消灭；先下来的灭了，上面又紧跟着下来许多，像一把“太平花”倒放。我还记着这个。我也的确感觉到，那年的神仙一定是真由天上回到世间。

中学的时期是最忧郁的，四、五个新年中只记得一个，最凄凉的一个。那是头一次改用阳历，旧历的除夕必须回学校去，不准请假。姑母刚死两个多月，她和我们同住了三十年的样子。她有时候很厉害，但大体上说，她很爱我。哥哥当差，不能回来。家中只剩母亲一人。我在四点多钟回到家中，母亲并没有把“王羲之”找出来。吃过晚饭，我不能不告诉母亲了——我还得回校。她愣了半天，没说什么。我慢慢的走出去，她跟着走到街门。摸着袋中的几个铜子，我不知道走了多少时候，才走到学校。路上必是很热闹，可是我并没看见，我似乎失了感觉。到了学校，学监先生正在学监室门口站着。他先问我：“回来了？”我行了个礼。他点了点头，笑着叫了我一声：“你还回去吧。”这一笑，永远印在我心中。假如我将来死后能入天堂，我必把这一笑带给上帝去看。

我好像没走就又到了家，母亲正对着一枝红烛坐着呢。她的泪不轻易落，她又慈善又刚强。见我回来了，她脸上有了笑容，拿出一个细草纸包儿来：“给你买的杂拌儿，刚才一忙，也忘了给你。”母子好像有千言万语，只是没精神说。早早的就睡了。母亲也没精神。

中学毕业以后，新年，除了为还债着急，似乎已和我不发生关系。我在哪里，除夕便由我照管着哪里。别人都回家去过年，我老是早早关上门，在床上听着爆竹响。平日我也好吃个嘴儿，到了新年反倒想不起弄点什么吃，连酒不喝。在爆竹稍静了些的时节，我老看见些过去的苦境。可是我既不落泪，也不狂歌，我只静静的躺着。躺着躺着，多咱烛光在壁上幻出一个“抬头见喜”，那就快睡去了。

东方学院

从一九二四的秋天，到一九二九的夏天，我一直的在伦敦住了五年。除了暑假寒假和春假中，我有时候离开伦敦几天，到乡间或别的城市去游玩，其余的时间就都消磨在这个大城里。我的工作不许我到别处去，就是在假期里，我还有时候得到学校去。我的钱也不许我随意的去到各处跑，英国的旅馆与火车票价都不很便宜。

我工作的地方是东方学院，伦敦大学的各学院之一。这里，教授远东近东和非洲的一切语言文字。重要的语言都成为独立的学系，如中国语，阿拉伯语等；在语言之外还讲授文学哲学什么的。次要的语言，就只设一个固定的讲师，不成学系，如日本语；假如有人要特意的请求讲授日本的文学或哲学等，也就由这个讲师包办。不甚重要的语言，便连固定的讲师也不设，而是有了学生再临时去请教员，按钟点计算报酬。譬如有人要学蒙古语文或非洲的非英属的某地语文，便是这么办。自然，这里所谓的重要与不重要，是多少与英国的政治，军事，商业等相关联的。

在学系里，大概的都是有一位教授，和两位讲师。教授差不多全是英国人；两位讲师总是一个英国人，和一个外国人——这就是说，中国语文系有一位中国讲师，阿拉伯语文系有一位阿拉伯人作讲师。这是三位固定的教员，其余的多是临时请来的，比如中国语文系里，有时候于固定的讲师外，还有好几位临时的教员，假若赶到有学生要学中国某一种方言的话；这系里的教授与固定讲师都是说官话的，那么要是有人想学厦门话或绍兴话，就非去临时请人来教不可。

这里的教授也就是伦敦大学的教授。这里的讲师可不都是伦敦大学的讲师。以我自己说，我的聘书是东方学院发的，所以我只算学院里的讲师，和大学不发生关系。那些英国讲师多数的是大学的讲师，这倒不一定是因为英国讲师的学问怎样的好，而是一种资格问题：有了大学讲师的资格，他们好有升格的希望，由讲师而副教授而教授。教授既全是英国人，如前面所说过的，那么外国人得到了大学的讲师资格也没有多大用处。况且有许多部分，根本不成为学系，没有教授，自然得到大学讲师的资格也不会有什么发展。在这里，看出英国人的偏见来。以梵文，古希伯来文，阿拉伯文等说，英国的人才并不弱于大陆上的各国；至于远东语文与学术的研究，英国显然的追不上德国或法国。设若英国人愿意，他们很可以用较低的薪水去到德法等国聘请较好的教授。可是他们不肯。他们的教授必须是英国人，不管学问怎样。就我所知道的，这个学院里的中国语文学系的教授，还没有一位真正有点学问的。这在学术上是吃了亏，可是英国人自有英国人的办法，决不会听别人的。幸而呢，别的学系真有几位好的教授与讲师，好歹一背拉，这个学院的教员大致的还算说得过去。况且，于各系的主任教授而外，还有几位学者来讲专门的学问，像印度的古代律法，巴比仑的古代美术等等，把这学院的声价也提高了不少。在这些教员之外，另有位音韵学专家，教给一切学生以发音与辨音的训练与技巧，以增加学习语言的效率。这倒是个很好的办法。

大概的说，此处的教授们并不像牛津或剑桥的教授们那样只每年给学生们一个有系统的讲演，而是每天与讲师们一样的教功课。这就必须说一说此处的学生了。到这里来的学生，几乎没有任何的限制。以年龄说，有的是七十岁的老夫或老太婆，有的是十几岁的小男孩或女孩。只要交上学费，便能入学。于是，一人学一样，很少有两个学生恰巧学一样东西的。拿中国语文系说吧，当我在那儿的时候，学生中就有两位七十多岁的老人：一位老人是专学中国字，不大管它们都念作什么，所以他指定要英国的讲师教他。另一位老人指定要跟我学，因为他非常注重发音；他对语言很有研究，古希腊，拉丁，希伯来，他都会，到七十多岁了，他要听听华语是什么味儿；学了些日子华语，他又选上了日语。这两个老人都很用功，头发虽白，心却不笨。这一对老人而外，还有许多学生：有的学言语，有的念书，有的要在伦敦大学得学位而来预备论文，有的念《元曲》，有的念《汉书》，有的是要往中国去，所以先来学几句话，有的是已在中国住过十年八年而想深造……总而言之，他们学的功课不同，程度不同，上课的时间不同，所要的教师也不同。这样，一个人一班，教授与两个讲师便一天忙到晚了。这些学生中最小的一个才十二岁。

因此，教授与讲师都没法开一定的课程，而是兵来将挡，学生要学什么，他们就得教什么；学院当局最怕教师们说："这我可教不了。"于是，教授与讲师就很不易当。还拿中国语文系说吧，有一回，一个英国医生要求教他点中国医学。我不肯教，教授也瞪了眼。结果呢，还是由教授和他对付了一个学期。我很佩服教授这点对付劲儿；我也准知道，假若他不肯敷衍这个医生，大概院长那儿就更难对付。由这一点来说，我很喜欢这个学院的办法，来者不拒，一人一班，完全听学生的。不过，要这样办，教员可得真多，一系里只有两三个人，而想使个个学生满意，是作不到的。

成班上课的也有：军人与银行里的练习生。军人有时候一来就是一拨儿，这一拨儿分成几组，三个学中文，两个学日文，四个学土耳其文……既是同时来的，所以可以成班。这是最好的学生。他们都是小军官，又差不多都是世家出身，所以很有规矩，而且很用功。他们学会了一种语言，不管用得着与否，只要考试及格，在饷银上就有好处。据说会一种语言的，可以每年多关一百镑钱。他们在英国学一年中文，然后就可以派到中国来。到了中国，他们继续用功，而后回到英国受试验。试验及格便加薪俸了。我帮助考过他们，考题很不容易，言语，要能和中国人说话；文字，要能读大报纸上的社论与新闻，和能将中国的操典与公文译成英文。学中文的如是，学别种语文的也如是。厉害！英国的秘密侦探是著名的，军队中就有这么多，这么好的人才呀：和哪一国交战，他们就有会哪一国言语文字的军官。我认得一个年轻的军官，他已考及格过四种言语的初级试验，才二十三岁！想打倒帝国主义么，啊，得先充实自己的学问与知识，否则喊哑了嗓子只有自己难受而已。

最坏的学生是银行的练习生们。这些都是中等人家的子弟——不然也进不到银行去——可是没有军人那样的规矩与纪律，他们来学语言，只为马马虎虎混个资格，考试一过，马上就把“你有钱，我吃饭，”忘掉。考试及格，他们就有被调用到东方来的希望，只是希望，并不保准。即使真被派遣到东方来，如新加坡，香港，上海等处，他们早知道满可以不说一句东方语言而把事全办了。他们是来到这个学院预备资格，不是预备言语，所以不好好的学习。教员们都不喜欢教他们，他们也看不起教员，特别是外国教员。没有比英国中等人家的二十上下岁的少年再讨厌的了，他们有英国人一切的讨厌，而英国人所有的好处他们还没有学到，因为他们是正在刚要由孩子变成大人的时候，所以比大人更讨厌。

班次这么多，功课这么复杂，不能不算是累活了。可是有一样好处：他们排功课表总设法使每个教员空闲半天。星期六下午照例没有课，再加上每周当中休息半天，合起来每一星期就有两天的休息。再说呢，一年分为三学期，每学期只上十个星期的课，一年倒可以有五个月的假日，还算不坏。不过，假期中可还有学生愿意上课；学生愿意，先生自然也得愿意，所以我不能在假期中一气离开伦敦许多天。这可也有好处，假期中上课，学费便归先生要。

学院里有个很不错的图书馆，专藏关于东方学术的书籍，楼上还有些中国书。学生在上课前，下课后，不是在休息室里，便是到图书馆去，因为此外别无去处。这里没有运动场等等的设备，学生们只好到图书馆去看书，或在休息室里吸烟，没别的事可作。学生既多数的是一人一班，而且上课的时间不同，所以不会有什么团体与运动。每一学期至多也不过有一次茶话会而已。这个会总是在图书馆里开，全校的人都被约请。没有演说，没有任何仪式，只有茶点，随意的吃。在开这个会的时候，学生才有彼此接谈的机会，老幼男女聚在一起，一边吃茶一边谈话。这才看出来，学生并不少；平日一个人一班，此刻才看到成群的学生。

假期内，学院里清静极了，只有图书馆还开着，读书的人可也并不甚多。我的《老张的哲学》，《赵子曰》，与《二马》，大部分是在这里写的，因为这里清静啊。那时候，学院是在伦敦城里。四外有好几个火车站，按说必定很乱，可是在学院里并听不到什么声音。图书馆靠街，可是正对着一块空地，有些花木，像个小公园。读完了书，到这个小公园去坐一下，倒也方便。现在，据说这个学院已搬到大学里去，图书馆与课室——一个友人来信这么说——相距很远，所以馆里更清静了。哼，希望多咱有机会再到伦敦去，再在这图书馆里写上两本小说！

又是一年芳草绿

悲观有一样好处，它能叫人把事情都看轻了一些。这个可也就是我的坏处，它不起劲，不积极。您看我挺爱笑不是？因为我悲观。悲观，所以我不能板起面孔，大喊："孤——刘备！"我不能这样。一想到这样，我就要把自己笑毛咕了。看着别人吹胡子瞪眼睛，我从脊梁沟上发麻，非笑不可。我笑别人，因为我看不起自己。别人笑我，我觉得应该；说得天好，我不过是脸上平润一点的猴子。我笑别人，往往招人不愿意；不是别人的量小，而是不像我这样稀松，这样悲观。

我打不起精神去积极的干，这是我的大毛病。可是我不懒，凡是我该作的我总想把它作了，纯为得点报酬养活自己与家里的人——往好了说，尽我的本分。我的悲观还没到想自杀的程度，不能不找点事作。有朝一日非死不可呢，那只好死喽，我有什么法儿呢？

这样，你瞧，我是无大志的人。我不想作皇上。最乐观的人才敢作皇上，我没这份胆气。

有人说我很幽默，不敢当。我不懂什么是幽默。假如一定问我，我只能说我觉得自己可笑，别人也可笑；我不比别人高，别人也不比我高。谁都有缺欠，谁都有可笑的地方。我跟谁都说得来，可是他得愿意跟我说；他一定说他是圣人，叫我三跪九叩报门而进，我没这个瘾。我不教训别人，也不听别人的教训。幽默，据我这么想，不是嬉皮笑脸，死不要鼻子。

也不是怎股子劲儿，我成了个写家。我的朋友德成粮店的写账先生也是写家，我跟他同等，并且管他叫二哥。既是个写家，当然得写了。“风格即人”——还是“风格即驴”？——我是怎个人自然写怎样的文章了。于是有人管我叫幽默的写家。我不以这为荣，也不以这为辱。我写我的。卖得出去呢，多得个三块五块的，买什么吃不香呢。卖不出去呢，拉倒，我早知道指着写文章吃饭是不易的事。

稿子寄出去，有时候是肉包子打狗，一去不回头；

连个回信也没有。这，咱只好幽默；多咱见着那个骗子再说，见着他，大概我们俩总有一个笑着去见阎王的。不过，这是不很多见的，要不怎么我还没想自杀呢。常见的事是这个，稿子登出去，酬金就睡着了，睡得还是挺香甜。直到我也睡着了，它忽然来了，仿佛故意吓人玩。数目也惊人，它能使我觉得自己不过值一毛五一斤，比猪肉还便宜呢。这个咱也不说什么，国难期间，大家都得受点苦，人家开铺子的也不容易，掌柜的吃肉，给咱点汤喝，就得念佛。是的，我是不能当皇上，焚书坑掌柜的，咱没那个狠心，你看这个劲儿！不过，有人想坑他们呢，我也不便拦着。

这么一来，可就有许多人看不起我。连好朋友都说：“伙计，你也硬正着点，说你是为人类而写作，说你是中国的高尔基；你太泄气了！”真的，我是泄气，我看高尔基的胡子可笑。他老人家那股子自卖自夸的劲儿，打死我也学不来。人类要等着我写文章才变体面了，那恐怕太晚了吧？我老觉得文学是有用的；拉长了说，它比任何东西都有用，都高明。可是往眼前说，它不如一尊高射炮，或一锅饭有用。我不能吆喝我的作品是“人类改造丸”。我也不相信把文学杀死便天下太平。我写就是了。

别人的批评呢？批评是有益处的。我爱着批评，它多少给我点益处；即使完全不对，不是还让我笑一笑吗？自己写的时候仿佛是蒸馒头呢，热气腾腾，莫名其妙。及至冷眼人一看，一定看出许多错儿来。我感谢这种指摘。说的不对呢，那是他的错儿，不干我的事。我永不驳辩，这似乎是胆儿小；可是也许是我的宽宏大量。我不便往自己脸上贴金。一件事总得由两面儿瞧，是不是？

对于我自己的作品，我不拿她们当作宝贝。是呀，当写作的时候，我是卖了力气，我想往好了写。可是一个人的天才与经验是有限的，谁也不敢保了老写的好，连荷马也有打盹的时候。有的人呢，每一拿笔便想到自己是但丁，是莎士比亚。这没有什么不可以的，天才须有自信的心。我可不敢这样，我的悲观使我看轻自己。我常想客观的估量估量自己的才力；这不易作到，我究竟不能像别人看我看得那样清楚；好吧，既不能十分看清楚了自己，也就不用装蒜。谦虚是必要的，可是装蒜也大可以不必。

对作人，我也是这样。我不希望自己是个完人，也不故意的招人家的骂。该求朋友的呢，就求；该给朋友作的呢，就作。作的好不好，咱们大家凭良心。

所以我很和气，见着谁都能扯一套。可是，初次见面的人，我可是不大爱说话；特别是见着女人，我简直张不开口，我怕说错了话。在家里，我倒不十分怕太太。可是对别的女人老觉着恐慌，我不大明白妇女的心理；要是信口开河的说，我不定说出什么来呢，而妇女又爱挑眼。男人也有许多爱挑眼的，所以初次见面，我不大愿开口。我最不喜辩论，因为红着脖子粗着筋的太不幽默。我最不喜欢好吹腾的人，可并不拒绝与这样的人谈话；我不爱这样的人，但喜欢听他的吹。最好是听着他吹，吹着吹着连他自己也忘了吹到什么地方去，那才有趣。

可喜的是有好几位生朋友都这么说："没见着阁下的时候，总以为阁下有八十多岁了。敢情阁下并不老。"是的，虽然将奔四十的人，我倒还不老。因为对事轻淡，我心中不大藏着计划，作事也无须要手段，所以我能笑，爱笑；天真的笑多少显着年青一些。我悲观，但是不愿老声老气的悲观，那近乎"虎事"。我愿意老年轻轻的，死的时候像朵春花将残似的那样哀而不伤。我就怕什么"权威"咧，"大家"咧，"大师"咧，等等老气横秋的字眼们。我爱小孩，花草，小猫，小狗，小鱼；这些都不"虎事"。偶尔看见个穿小马褂的“小大人”，我能难受半天，特别是那种所谓聪明的孩子，让我难过。比如说，一群小孩都在那儿看变戏法儿，我也在那儿，单会有那么一两个七八岁的小老头说：“这都是假的！”这叫我立刻走开，心里堵上一大块。世界确是更“文明”了，小孩也懂事懂得早了，可是我还愿意大家傻一点，特别是小孩。假若小猫刚生下来就会捕鼠，我就不再养猫，虽然它也许是个神猫。

我不大爱说自己，这多少近乎“吹”。人是不容易看清楚自己的。不过，刚过完了年，心中还慌着，叫我写“人生于世”，实在写不出，所以就近的拿自己当材料。万一将来我不得已而作了皇上呢，这篇东西也许成为史料，等着瞧吧。

读　书

若是学者才准念书，我就什么也不要说了。大概书不是专为学者预备的；那么，我可要多嘴了。

从我一生下来直到如今，没人盼望我成个学者；我永远喜欢服从多数人的意见。可是我爱念书。

书的种类很多，能和我有交情的可很少。我有决定念什么的全权；自幼儿我就会逃学，愣挨板子也不肯说我爱《三字经》和《百家姓》。对，《三字经》便可以代表一类——这类书，据我看，顶好在判了无期徒刑以后去念，反正活着也没多大味儿。这类书可真不少，不知道为什么；也许是犯无期徒刑罪的太多；要不然便是太少——我自己就常想杀些写这类书的人。我可是还没杀过一个，一来是因为——我才明白过来——写这样书的人敢情有好些已经死了，比如写《尚书》的那位李二哥。二来是因为现在还有些人专爱念这类书，我不便得罪人太多了。顶好，我看是不管别人；我不爱念的就不动好了。好在，我爸爸没希望我成个学者。

第二类书也与咱无缘：书上满是公式，没有一个“然而”和“所以”。据说，这类书里藏着打开宇宙秘密的小金钥匙。我倒久想明白点真理，如地是圆的之类；可是这种书别扭，它老瞪着我。书不老老实实的当本书，瞪人干吗呀？我不能受这个气！有一回，一位朋友给我一本《相对论原理》，他说：明白这个就什么都明白了。我下了决心去念这本宝贝书。读了两个“配纸”，我遇上了一个公式。我跟它“相对”了两点多钟！往后边一看，公式还多了去啦！我知道和它们“相对”下去，它们也许不在乎，我还活着不呢？

可是我对这类书，老有点敬意。这类书和第一类有些不同，我看得出。第一类书不是没法懂，而是懂了以后使我更糊涂。以我现在的理解力——比上我七岁的时候，我现在满可以作圣人了——我能明白“人之初，性本善”。明白完了，紧跟着就糊涂了；昨儿个晚上，我还挨了小女儿——玫瑰唇的小天使——一个嘴巴。我知道这个小天使性本不善，她才两岁。第二类书根本就看不懂，可是人家的纸上没印着一句废话；懂不懂的，人家不闹玄虚，它瞪我，或者我是该瞪。我的心这么一软，便把它好好放在书架上；好打好散，别太伤了和气。

这要说到第三类书了。其实这不该算一类；就这么算吧，顺嘴。这类书是这样的：名气挺大，念过的人总不肯说它坏，没念过的人老怪害羞的说将要念。譬如说《元曲》，太炎“先生”的文章，罗马的悲剧，辛克莱的小说，《大公报》——不知是哪儿出版的一本书——都算在这类里，这些书我也都拿起来过，随手便又放下了。这里还就属那本《大公报》有点劲。我不害羞，永远不说将要念。好些书的广告与威风是很大的，我只能承认那些广告作得不错，谁管它威风不威风呢。

“类”还多着呢，不便再说；有上面的三项也就足以证明我怎样的不高明了。该说读的方法。

怎样读书，在这里，是个自决的问题；我说我的，没勉强谁跟我学。第一，我读书没系统。借着什么，买着什么，遇着什么，就读什么。不懂的放下，使我糊涂的放下，没趣味的放下，不客气。我不能叫书管着我。

第二，读得很快，而不记住。书要都叫我记住，还要书干吗？书应该记住自己。对我，最讨厌的发问是："那个典故是哪儿的呢？""那句书是怎么来着？"我永不回答这样的考问，即使我记得。我又不是印刷机器养的，管你这一套！

读得快，因为我有时候跳过几页去。不合我的意，我就练习跳远。书要是不服气的话，来跳我呀！看侦探小说的时候，我先看最后的几页，省事。

第三，读完一本书，没有批评，谁也不告诉。一告诉就糟："嘿，你读《啼笑因缘》？"要大家都不读《啼笑因缘》，人家写它干吗呢？一批评就糟："尊家这点意见？"我不惹气。读完一本书再打通儿架，不上算。我有我的爱与不爱，存在我自己心里。我爱念什么就念，有什么心得我自己知道，这是种享受，虽然显得自私一点。

再说呢，我读书似乎只要求一点灵感。"印象甚佳"便是好书，我没工夫去细细分析它，所以根本便不能批评。"印象甚佳"有时候并不是全书的，而是书中的一段最入我的味；因为这一段使我对这全书有了好感；其实这一段的美或者正足以破坏了全体的美，但是我不去管；有一段叫我喜欢两天的，我就感谢不尽。因此，设若我真去批评，大概是高明不了。

第四，我不读自己的书，不愿谈论自己的书。“儿子是自己的好”，我还不晓得，因为自己还没有过儿子。有个小女儿，女儿能不能代表儿子，就不得而知。“老婆是别人的好”，我也不敢加以拥护，特别是在家里。但是我准知道，书是别人的好。别人的书自然未必都好，可是至少给我一点我不知道的东西。自己的，一提都头疼！自己的书，和自己的运气，好像永远是一对儿累赘。

第五，哼，算了吧。

滇行短记

一

总没学会写游记。这次到昆明住了两个半月，依然没学会写游记，最好还是不写。但友人嘱寄短文，并以滇游为题。友情难违；就想起什么写什么。另创一格，则吾岂敢，聊以塞责，颇近似之，惭愧得紧！

二

八月二十六日早七时半抵昆明。同行的是罗莘田先生。他是我的幼时同学，现在已成为国内有数的音韵学家。老朋友在久别之后相遇，谈些小时候的事情，都快活得要落泪。

他住昆明青云街靛花巷，所以我也去住在那里。

住在靛花巷的，还有郑毅生先生，汤老先生[①]，袁家骅先生，许宝騄先生，郁泰然先生。

毅生先生是历史家，我不敢对他谈历史，只能说些笑话，汤老先生是哲学家，精通佛学，我偷偷的读他的晋魏六朝佛教史，没有看懂，因而也就没敢向他老人家请教。家骅先生在西南联大教授英国文学，一天到晚读书，我不敢多打扰他，只在他泡好了茶的时候，搭讪着进去喝一碗，赶紧告退。他的夫人钱晋华女士常来看我。到吃饭的时候每每是大家一同出去吃价钱最便宜的小馆。宝騄先生是统计学家，年轻，瘦瘦的，聪明绝顶。我最不会算术，而他成天的画方程式。他在英国留学毕业后，即留校教书，我想，他的方程式必定画得不错！假若他除了统计学，别无所知，我只好闭口无言，全没办法。可是，他还会唱三百多出昆曲。在昆曲上，他是罗莘田先生与钱晋华女士的“老师”。罗先生学昆曲，是要看看制曲与配乐的关系，属于那声的字容或有一定的谱法，虽腔调万变，

---

① 汤老先生，即汤用彤先生，著名哲学家，已故。

而不难找出个作谱的原则。钱女士学昆曲，因为她是个音乐家。我本来学过几句昆曲，到这里也想再学一点。可是，不知怎的一天一天的度过去，天天说拍曲，天天一拍也未拍，只好与许先生约定：到抗战胜利后，一同回北平去学，不但学，而且要彩唱！郁先生在许多别的本事而外，还会烹调。当他有工夫的时候，便作一二样小菜，沽四两市酒，请我喝两杯。这样，靛花巷的学者们的生活，并不寂寞。当他们用功的时候，我就老鼠似的藏在一个小角落里读书或打盹；等他们离开书本的时候，我也就跟着“活跃”起来。

此外，在这里还遇到杨今甫、闻一多、沈从文、卞之琳、陈梦家、朱自清、罗膺中、魏建功、章川岛……诸位文坛老将，好像是到了“文艺之家”。关于这些位先生的事，容我以后随时报告。

三

靛花巷是条只有两三人家的小巷，又狭又脏。可是，巷名的雅美，令人欲忘其陋。

昆明的街名，多半美雅。金马碧鸡等用不着说了，就是靛花巷附近的玉龙堆，先生坡，也都令人欣喜。

靛花巷的附近还有翠湖，湖没有北平的三海那么大，那么富丽，可是，据我看：比什刹海要好一些。湖中有荷蒲；岸上有竹树，颇清秀。最有特色的是猪耳菌，成片的开着花。此花叶厚，略似猪耳，在北平，我们管它叫做凤眼兰，状其花也；花瓣上有黑点，像眼珠。叶翠绿，厚而有光；花则粉中带蓝，无论在日光下，还是月光下，都明洁秀美。

云南大学与中法大学都在靛花巷左右，所以湖上总有不少青年男女，或读书，或散步，或划船。昆明很静，这里最静；月明之夕，到此，谁仿佛都不愿出声。

四

昆明的建筑最似北平，虽然楼房比北平多，可是墙壁的坚厚，椽柱的雕饰，都似“京派”。

花木则远胜北平。北平讲究种花，但夏天日光过烈，冬天风雪极寒，不易把花养好。昆明终年如春，即使不精心培植，还是到处有花。北平多树，但日久不雨，则叶色如灰，令人不快。昆明的树多且绿，而且树上时有松鼠跳动！入眼浓绿，使人心静，我时时立在楼上远望，老觉得昆明静秀可喜；其实呢，街上的车马并不比别处少。

至于山水，北平也得有愧色，这里，四面是山，滇池五百里——北平的昆明湖才多么一点点呀！山土是红的，草木深绿，绿色盖不住的地方露出几块红来，显出一些什么深厚的力量，教昆明城外到处人感到一种有力的静美。

四面是山，围着平坝子，稻田万顷。海田之间，相当宽的河堤有许多道，都有几十里长，满种着树木。万顷稻，中间画着深绿的线，虽然没有怎样了不起的特色，可也不是怎的总看着像画图。

五

在西南联大讲演了四次。

第一次讲演，闻一多先生作主席。他谦虚的说：大学里总是作研究工作，不容易产出活的文学来……我答以：抗战四年来，文艺写家们发现了许多文艺上的问题，诚恳的去讨论。但是，讨论的第二步，必是研究，否则不易得到结果；而写家们忙于写作，很难静静的坐下去作研究；所以，大学里作研究工作，是必要的，是帮着写家们解决问题的。研究并不是崇古鄙今，而是供给新文艺以有益的参考，使新文艺更坚实起来。譬如说：这两年来，大家都讨论民族形式问题，但讨论的多半是何谓民族形式，与民族形式的源泉何在；至于其中的细腻处，则必非匆匆忙忙的所能道出，而须一项一项的细心研究了。近来，罗莘田先生根据一百首北方俗曲，指出民间诗歌用韵的活泼自由，及十三辙的发展，成为小册。这小册子虽只谈到了民族形式中的一项问题，但是老老实实详详细细的述说，绝非空论。看了这小册子，至少我们会明白十三辙已有相当长久的历史，和它怎样代替了官样的诗韵；至少我们会看出民间文艺的用韵是何等活动，何等大胆——也就增加了我们写作时的勇气。罗先生是音韵学家，可是他的研究结果就能直接有助于文艺的写作，我愿这样的例子一天比一天多起来。

六

正是雨季，无法出游。讲演后，即随莘田下乡——龙泉村。村在郊北，距城约二十里，北大文科研究所在此。冯芝生、罗膺中、钱端升、王了一、陈梦家诸教授都在村中住家。教授们上课去，须步行二十里。

研究所有十来位研究生，生活至苦，用工极勤。三餐无肉，只炒点“地蛋”丝当作菜。我既佩服他们苦读的精神，又担心他们的健康。莘田患恶性摆子，几位学生终日伺候他，犹存古时敬师之道，实为难得。

莘田病了，我就写剧本。

七

研究所在一个小坡上——村人管它叫“山”。在山上远望，可以看见蟠龙江。快到江外的山坡，一片松林，是黑龙潭。晚上，山坡下的村子都横着一些轻雾；驴马带着铜铃，顺着绿堤，由城内回乡。

冯芝生先生领我去逛黑龙潭，徐旭生先生住在此处。此处有唐梅宋柏；旭老的屋后，两株大桂正开着金黄花。唐梅的干甚粗，但活着的却只有二三细枝——东西老了也并不一定好看。

坐在石凳上，旭老建议：中秋夜，好不好到滇池去看月；包一条小船，带着乐器与酒果，泛海竟夜。商议了半天，毫无结果。（一）船价太贵。（二）走到海边，已须步行二十里，天亮归来，又须走二十里，未免太苦。（三）找不到会玩乐器的朋友。看滇池月，非穷书生所能办到的呀！

八

中秋。莘田与我出了点钱，与研究所的学员们过节。吴晓铃先生掌灶，大家帮忙，居然作了不少可口的菜。饭后，在院中赏月，有人唱昆曲。午间，我同两位同学去垂钓，只钓上一二条寸长的小鱼。

九

莘田病好了一些。我写完了话剧《大地龙蛇》的前二幕。约了膺中、了一、和众研究生，来听我朗读。大家都给了些很好的意见，我开始修改。

对文艺，我实在不懂得什么，就是愿意学习，最快活的，就是写得了一些东西，对朋友们朗读，而后听大家的批评。一个人的脑子，无论怎样的缜密，也不能教作品完全没有漏隙，而旁观者清，不定指出多少窟窿来。

十

从文和之琳约上呈贡——他们住在那里，来校上课须坐火车。莘田病刚好，不能陪我去，只好作罢。我继续写剧本。

十一

岗头村距城八里，也住着不少的联大的教职员。

我去过三次，无论由城里去，还是由龙泉村去，路上都很美。走二三里，在河堤的大树下，或在路旁的小茶馆，休息一下，都使人舍不得走开。

村外的小山上，有涌泉寺，和其他的云南的寺院一样，庭中有很大的梅树和桂树。桂树还有一株开着晚花，满院都是香的。庙后有泉，泉水流到寺外，成为小溪；溪上盛开着秋葵和说不上名儿的香花，随便折几枝，就够插瓶的了。我看到一两个小女学生在溪畔端详那枝最适于插瓶——涌泉寺里是南菁中学。

在南菁中学对学生说了几句话。我告诉他们：各处缠足的女子怎样在修路，抬土，作着抗建的工作。章川岛先生的小女儿下学后，告诉她爸爸：“舒伯伯挖苦了我们的脚！”

十二

离龙泉村五六里，为凤鸣山。山上有庙，庙有金殿——一座小殿，全用铜筑。山与庙都没什么好看，倒是遍山青松，十分幽丽。

云南的松柏结果都特别的大。松塔大如菠萝，柏实大如枣。松子几乎代替了瓜子，闲着没事的时候，大家总是买些松子吃着玩，整船的空的松塔运到城中；

大概是作燃料用，可是凤鸣山的青松并没有松塔儿，也许是另一种树吧，我叫不上名字来。

十三

在龙泉树，听到了古琴。相当大的一个院子，平房五六间。顺着墙，丛丛绿竹。竹前，老梅两株，瘦硬的枝子伸到窗前。巨杏一株，阴遮半院。绿阴下，一案数椅，彭先生弹琴，查先生吹箫；然后，查先生独奏大琴。

在这里，大家几乎忘了一切人世上的烦恼！

这小村多么污浊呀，路多年没有修过，马粪也数月没有扫除过，可是在这有琴音梅影的院子里，大家的心里却发出了香味。

查阜西先生精于古乐。虽然他与我是新识，却一见如故，他的音乐好，为人也好。他有时候也作点诗——即使不作诗，我也要称他为诗人呵！

与他同院住的是陈梦家先生夫妇，梦家现在正研究甲骨文。他的夫人，会几种外国语言，也长于音乐，正和查先生学习古琴。

十四

在昆明两月，多半住在乡下，简直的没有看见什么。城内与郊外的名胜几乎都没有看到。战时，古寺名山多被占用；我不便为看山访古而去托人情，连最有名的西山，也没有能去。在城内靛花巷住着的时候，每天我必倚着楼窗远望西山，想象着由山上看滇池，应当是怎样的美丽。山上时有云气往来，昆明人说："有雨无雨看西山"。山峰被云遮住，有雨，峰还外露，虽别处有云，也不至有多大的雨。此语，相当的灵验。西山，只当了我的阴晴表，真面目如何，恐怕这一生也不会知道了；哪容易再得到游昆明的机会呢！

到城外中法大学去讲演了一次，本来可以顺脚去看筇竹寺的五百罗汉塑像。可是，据说也不能随便进去，况且，又落了雨。

连城内的圆通公园也只可游览一半，不过，这一半确乎值得一看。建筑的大方，或较北平的中山公园还好一些；至于石树的幽美，则远胜之，因为中山公园太"平"了。

同查阜西先生逛了一次大观楼。楼在城外湖边，建筑无可观，可是水很美。出城，坐小木船。在稻田中间留出来的水道上慢慢的走。稻穗黄，芦花已白，田坝旁边偶而还有几穗凤眼兰。远处，万顷碧波，缓动着风帆——到昆阳去的水路。

大观楼在公园内，但美的地方却不在园内，而在园外。园外是滇池，一望无际。湖的气魄，比西湖与颐和园的昆明池都大得多了。在城市附近，有这么一片水，真使人狂喜。湖上可以划船，还有鲜鱼吃。我们没有买舟，也没有吃鱼，只在湖边坐了一会看水。天上白云，远处青山，眼前是一湖秋水，使人连诗也懒得作了。作诗要去思索，可是美景把人心融化在山水风花里，像感觉到一点什么，又好像茫然无所知，恐怕坐湖边的时候就有这种欣悦吧？在此际还要寻词觅字去作诗，也许稍微笨了一点。

十五

剧本写完，今年是我个人的倒霉年。春初即患头晕，一直到夏季，几乎连一个字也没有写。没想到，在昆明两月，倒能写成这一点东西——好坏是另一问题，能动笔总是件可喜的事。

十六

剧本既已写成，就要离开昆明，多看一些地方。从文与之琳约上呈贡，因为莘田病初好，不敢走路，没有领我去，只好延期。我很想去，一来是听说那里风景很好，二来是要看看之琳写的长篇小说！——已经写了十几万字，还在继续的写。

十七

查阜西先生愿陪我去游大理。联大的友人们虽已在昆明二三年，还很少有到过大理的。大家都盼望我俩的计划能实现。于是我们就分头去接洽车子。

有几家商车都答应了给我们座位，我们反倒难于决定坐哪一家的了。最后，决定坐吴晓铃先生介绍的车，因为一行四部卡车，其中的一位司机是他的弟弟。兄弟俩一定教我们坐那部车，而且先请我们吃了饭，吃饭的时候，我笑着说："这回，司机可教黄鱼给吃了！"

十八

一上了滇缅公路，便感到战争的紧张；在那静静的昆明城里，除了有空袭的时候，仿佛并没有什么战争与患难的存在。在我所走过的公路中，要算滇缅公路最忙了，车，车，车，来的，去的，走着的，停着的，大的，小的，到处都是车！我们所坐的车子是商车，这种车子可以搭一两个客，客人按公路交通车车价十分之二买票。短途搭脚的客人，只乘三五十里，不经过检查站，便无须打票，而作黄鱼；这是司机车的一笔“外找”。官车有押车的人，黄鱼不易上去；这批买卖多半归商车作。商车的司机薪水既高，公物安全的到达，还有奖金；薪水与奖金凑起来，已近千元，此外且有外找，差不多一月可以拿到两三千元。因为入款多，所以他们开车极仔细可靠。同时，他们也敢享受。公家车子的司机待遇没有这么高；而到处物价都以商车司机的阔气为标准，所以他们开车便理直气壮。据说，不久的将来，沿途都要为司机们设立招待所，以低廉的取价，供给他们相当舒适的食宿，使他们能饱食安眠，得到一些安慰。我希望这计划能早早实现！

第一天，到晚八时余，我们才走了六十三公里！我们这四部车没有押车的，因为押车的既没法约束司机，跟来是自讨无趣，而且时时耽误了工夫——与司机冲突，则车不能动——到时候交不上货去。押车员的地位，被司机的班长代替了，而这位班长绝对没有办事的能力。已走出二十公里，他忘记了交货证；回城去取。又走了数里，他才想起，没有带来机油，再回去取来！商车，假若车主不是司机出身，只有赔钱！

六十三公里的地方，有一家小饭馆，一位广东老人，不会说云南话，也不会说任何异于广东话的言语，作着生意。我很替他着急，他却从从容容的把生意作了；广东人的精神！

没有旅馆，我们住在一家人家里。房子很大，院中极脏。又赶上落了一阵雨，到处是烂泥，不幸而滑倒，也许跌到粪堆里去。

十九

第二天一早动身，过羊老哨，开始领略出滇缅路的艰险。司机介绍，从此到下关，最险的是圾山坡和天子庙，一上一下都有二十多公里。不过，这样远都是小坡，真正危险的地方还须过下关才能看到；有的地方，一上要一整天，一下又要一整天！

山高弯急，比川陕与西兰公路都更险恶。说到这里，也就难怪司机们要享受一点了，这是玩命的事啊！我们的司机，真谨慎：见迎面来车，马上停住让路；听后面有响声，又立刻停住让路；虽然他开车的技巧很好，可是一点也不敢大意。遇到大坡，车子一步一哼，不肯上去，他探着身（他的身量不高），连眼皮似乎都不敢眨一眨。我看得出来，到下午三四点钟的时候，他已经有点支持不住了。

在禄丰打尖，开铺子的也多是广东人。县城距公路还有二三里路，没有工夫去看。打尖的地方是在公路旁新辟的街上。晚上宿在镇南城外一家新开的旅舍里，什么设备也没有，可是住满了人。

二十

第三天经过圾山坡及天子庙两处险坡。终日在山中盘旋。山连山，看不见村落人烟。有的地方，松柏成林；有的地方，却没有多少树木。可是，没有树的地方，也是绿的，不像北方大山那样荒凉。山大都没有奇峰，但浓翠可喜；白云在天上轻移，更教青山明媚。高处并不冷，加以车子越走越热，反倒要脱去外衣了。

晚上九点，才到下关车站。几乎找不到饭吃，因为照规矩须在日落以前赶到，迟到的便不容易找到东西吃了。下关在高处，车子都停在车站。站上的旅舍饭馆差不多都是新开的，既无完好的设备，价钱又高，表示出“专为赚钱，不管别的”的心理。

公路局设有招待所，相当的洁净，可是很难有空房。我们下了一家小旅舍，门外没有灯，门内却有一道臭沟，一进门我就掉在沟里！楼上一间大屋，设床十数架，头尾相连，每床收钱三元。客人们要有两人交谈的，大家便都需陪着不睡，因为都在一间屋子里。

这样的旅舍要三元一铺，吃饭呢，至少须花十元以上，才能吃饱。司机者的花费，即使是绝对规规矩矩，一天也要三四十元咧。

二十一

下关的风，上关的花，苍山的雪，洱海的月，为大理四景。据说下关的风虽多，而不进屋子。我们没遇上风，不知真假。我想，不进屋子的风恐怕不会有，也许是因这一带多地震，墙壁都造得特别厚，所以屋中不大受风的威胁吧。

早晨，车子都开了走，下关便很冷静；等到下午五六点钟的时候，车子都停下，就又热闹起来。我们既不愿白日在旅馆里呆坐，也不喜晚间的嘈杂，便马上决定到喜洲镇去。

由下关到大理是三十里，由大理到喜洲镇还有四十五里。看苍山，以在大理为宜；可是喜洲镇有我们的朋友，所以决定先到那里去。我们雇了两乘滑竿。

这里抬滑竿的多数是四川人。本地人是不愿卖苦力气的。

离开车站，一拐弯便是下关。小小的一座城，在洱海的这一端，城内没有什么可看的。穿出城，右手是洱海，左手是苍山，风景相当的美。可惜，苍山上并没有雪；按轿夫说，是几天没下雨，故山上没有雪，——地上落雨，山上就落雪，四季皆然。

到处都有流水，是由苍山流下的雪水。缺雨的时候，即以雪水灌田，但是须向山上的人购买；钱到，水便流过来。

沿路看到整齐坚固的房子，一来是因为防备地震，二来是石头方便。

在大理城内打尖。长条的一座城，有许多家卖大理石的铺子。铺店的牌匾也有用大理石作的，圆圆的石块，嵌在红木上，非常的雅致。城中看不出怎样富庶，也没有多少很体面的建筑，但是在晴和的阳光下，大家从从容容的作着事情，使人感到安全静美。谁能想到，这就是杜文秀抵抗清兵十八年的地方啊！

太阳快落了，才看到喜洲镇。在路上，被日光晒得出了汗；现在，太阳刚被山峰遮住，就感到凉意。据说，云南的天气是一岁中的变化少，一月中的变化多。

二十二

洱海并不像我们想象的那么美。海长百里，宽二十里，是一个长条儿，长而狭便一览无余，缺乏幽远或苍茫之气；它像一条河，不像湖。还有，它的四面都是山，可是山——特别是紧靠湖岸的——都不很秀，都没有多少树木。这样，眼睛看到湖的彼岸，接着就是些平平的山坡了；湖的气势立即消散，不能使人凝眸伫视——它不成为景！

湖上的渔帆也不多。

喜洲镇却是个奇迹。我想不起，在国内什么偏僻的地方，见过这么体面的市镇，远远的就看见几所楼房，孤立在镇外，看样子必是一所大学校。我心中暗喜；到喜洲来，原为访在华中大学的朋友们；假若华中大学有这么阔气的楼房，我与查先生便可以舒舒服服的过几天了。及仔细一打听，才知道那是五台中学，地方上士绅捐资建筑的，花费了一百多万，学校正对着五台高峰，故以五台名。

一百多万！是的，这里的确有出一百多万的能力。看，镇外的牌坊，高大，美丽，通体是大理石的，而且不止一座呀！

进到镇里，仿佛是到了英国的剑桥，街旁到处流着活水：一出门，便可以洗菜洗衣，而污浊立刻随流而逝。街道很整齐，商店很多。有图书馆，馆前立着大理石的牌坊，字是贴金的！有警察局。有像王宫似的深宅大院，都是雕梁画柱。有许多祠堂，也都金碧辉煌。

不到一里，便是洱海。不到五六里便是高山。山水之间有这样的一个镇市，真是世外桃源啊！

二十三

华中大学却在文庙和一所祠堂里。房屋又不够用，有的课室只像卖香烟的小棚子。足以傲人的，是学校有电灯。校车停驶，即利用车中的马达磨电。据说，当电灯初放光明的时节，乡人们“不远千里而来”“观光”。用不着细说，学校中一切的设备，都可以拿这样的电灯作象征——设尽方法，克服困难。

教师们都分住在镇内，生活虽苦，却有好房子住。至不济，还可以租住阔人们的祠堂——即连壁上都嵌着大理石的祠堂。

四年前，我离家南下，到武汉便住在华中大学。隔别三载，朋友们却又在喜洲相见，是多么快活的事呀！住了四天，天天有人请吃鱼：洱海的鱼拿到市上还欢跳着。“留神破产呀！”客人发出警告。可是主人们说：“谁能想到你会来呢?！破产也要痛快一下呀！”

我给学生们讲演了三个晚上，查先生讲了一次。五台中学也约去讲演，我很怕小学生们不懂我的言语，因为学生们里有的是讲民家话的。民家话属于哪一语言系统，语言学家们还正在讨论中。在大理城中，人们讲官话，城外便要说民家话了。到城里作事和卖东西的，多数的人只能以官话讲价钱，和说眼前的东西的名称，其余的便说不上来了。所谓“民家”者，对官家军人而言，大概在明代南征的时候，官吏与军人被称为官家与军家，而原来的居民便成了民家。

民家人是谁？民家语是属于哪一系统？都有人正在研究。民家人的风俗、神话、历史，也都有研究的价值。云南是学术研究的宝地，人文而外，就单以植物而言，也是兼有温带与寒带的花木啊。

二十四

游了一回洱海，可惜不是月夜。湖边有不少稻田，也有小小的村落。阔人们在海中建起别墅别有天地。这些人是不是发国难财的，就不得而知了。

也游了一次山，山上到处响着溪水，东一个西一个的好多水磨。水比山还好看！苍山的积雪化为清溪，水浅绿，随处在石块左右，翻起白花，水的声色，有点像瑞士的。

山上有罗刹阁。菩萨化为老人，降伏了恶魔罗刹父子，压于宝塔之下。这类的传说，显然是佛教与本土的神话混合而成的。经过分析，也许能找出原来的宗教信仰，与佛教输入的情形。

二十五

此地，妇女们似乎比男人更能干。在田里下力的是妇女，在场上卖东西的是妇女，在路上担负粮柴的也是妇女。妇女，据说，可以养着丈夫，而丈夫可以在家中安闲的享福。

妇女的装束略同汉人，但喜戴些零七八碎的小装饰。很穷的小姑娘老太婆，尽管衣裙破旧，也戴着手镯。草帽子必缀上两根红绿的绸带。她们多数是大足，但鞋尖极长极瘦，鞋后跟钉着一块花布，表示出也近乎缠足的意思。

听说她们很会唱歌，但是我没有听见一声。

二十六

由喜洲回下关，并没在大理停住，虽然华中的友人给了我们介绍信，在大理可以找到住处。大理是游苍山的最合适的地方。我们所以直接回下关者，一来因为不愿多打扰生朋友，二来是车子不好找，须早为下手。

回到下关，范会连先生来访，并领我们去洗温泉。云南这一带温泉很多，而且水很热。我们洗澡的地方，安有冷水管，假若全用泉水，便热得下不去脚了。泉下，一个很险要的地方，两面是山，中间是水，有一块碑，刻着汉诸葛武侯擒孟获处。碑是光绪年间立的，不知以前有没有？

范先生说有小车子回昆明，教我们乘搭。在这以前，我们已交涉好滇缅路交通车，即赶紧辞退，可是，路局的人员约我去演讲一次。他们的办公处，在湖边上，一出门便看见山水之胜。小小的一个聚乐部，里面有些书籍。职员之中，有些很爱好文艺的青年。他们还在下关演过话剧。他们的困难是找不到合适的剧本。他们的人少，服装道具也不易置办，而得到的剧本，总嫌用人太多，场面太多，无法演出。他们的困难，我想，恐怕也是各地方的热心戏剧宣传者的困难吧，写剧的人似乎应当注意及此。

讲演的时候，门外都站满了人。他们不易得到新书，也不易听到什么，有朋自远方来，当然使他们兴奋。

在下关旅舍里，遇见一位新由仰光回来的青年，他告诉我：海外是怎样的需要文艺宣传。有位“常任侠”——不是中大的教授——声言要在仰光等处演戏，需钱去接来演员。演员们始终没来一个，而常君自己已骗到手十多万！

二十七

小车子一天赶了四百多公里，早六时半出发，晚五时就开到了昆明。

预备作两件事：一件是看看滇戏，一件是上呈贡。滇戏没看到，因为空袭的关系，已很久没有彩唱，而只有“坐打”。呈贡也没去成。预定十一月十四日起身回渝，十号左右可去呈贡，可是忽然得到通知，十号可以走，破坏了预定计划。

十日，恋恋不舍的辞别了众朋友。

习 惯

不管别位，以我自己说，思想是比习惯容易变动的。每读一本书，听一套议论，甚至看一回电影，都能使我的脑子转一下。脑子的转法是像螺丝钉，虽然是转，却也往前进。所以，每转一回，思想不仅变动，而且多少有点进步。记得小的时候，有一阵子很想当“黄天霸”。每逢四顾无人，便掏出瓦块或碎砖，回头轻喊：看镖！有一天，把醋瓶也这样出了手，几乎挨了顿打。这是听《五女七贞》的结果。及至后来读了托尔斯泰等人的作品，就是看杨小楼扮演的“黄天霸”，也不会再扔醋瓶了。你看，这不仅是思想老在变动，而好歹的还高了一二分呢。

习惯可不能这样。拿吸烟说吧，读什么，看什么，听什么，都吸着烟。图书馆里不准吸烟，干脆就不去。书里告诉我，吸烟有害，于是想戒烟，可是想完了，照样的点上一支。医院里陈列着“烟肺”也看见过，颇觉恐慌，我也是有肺动物啊！这点嗜好都去不掉，连肺也对不起呀，怎能成为英雄呢?！思想很高伟了；乃至吃过饭，高伟的思想又随着蓝烟上了天。有的时候确是坚决，半天儿不动些小白纸卷，而且自号为理智的人——对面是习惯的人。后来也不是怎么一股劲，连吸三支，合着并未吃亏。肺也许又黑了许多，可是心还跳着，大概一时还不至于死，这很足自慰。什么都这样。按说一个自居摩登的人，总该常常携着夫人在街上走走了。我也这么想过，可是做不到。大家一看，我就毛咕，“你慢慢走着，咱们家里见吧！”把夫人落在后边，我自己迈开了大步。什么“尖头曼”“方头曼”的，不管这一套。虽然这么说，到底觉得差一点。从此再不去双双走街。

明知电影比京戏文明一些，明知京戏的锣鼓专会供给头疼，可是嘉宝或红发女郎总胜不过杨小楼去。锣鼓使人头疼得舒服，仿佛是。同样，冰激凌，咖啡，青岛洗海澡，美国桔子，都使我摇头。酸梅汤，香片茶，裕德池，肥城桃，老有种知己的好感。这与提倡国货无关，而是自幼儿养成的习惯。年纪虽然不大，可是我的幼年还赶上了野蛮时代。那时候连皇上都不坐汽车，可想见那是多么野蛮了。

跳舞是多么文明的事呢，我也没份儿。人家印度青年与日本青年，在巴黎或伦敦看见跳舞，都讲究馋得咽唾沫。有一次，在艾丁堡，跳舞场拒绝印度学生进去，有几位差点上了吊。还有一次在海船上举行跳舞会，一个日本青年气得直哭，因为没人招呼他去跳。有人管这种好热闹叫作猴子的摹仿，我倒并不这么想。在我的脑子里，我看这并不成什么问题，跳不能叫印度登时独立，也不能叫日本灭亡。不跳呢，更不会就怎样了不得。可是我不跳。一个人吃饱了没事，独自跳跳，还倒怪好。叫我和位女郎来回的拉扯，无论说什么也来不得。看着就是不顺眼，不用说真去跳了。这和吃冰激凌一样，我没有这个胃口。舌头一凉，马上联想到泻肚，其实心里准知道并没危险。

还有吃西餐呢。干净，有一定份量，好消化，这些我全知道。不过吃完西餐要不补充上一碗馄饨两个烧饼，总觉得怪委屈的。吃了带血的牛肉，喝凉水，我一定跑肚。想象的作用。这就没有办法了，想象真会叫肚子山响！

对于朋友，我永远爱交老粗儿。长发的诗人，洋装的女郎，打高尔夫的男性女性，咬言咂字的学者，满跟我没缘。看不惯。老粗儿的言谈举止是咱自幼听惯看惯的。一看见长发诗人，我老是要告诉他先去理发；即使我十二分佩服他的诗才，他那些长发使我堵的慌。家兄永远到“推剃两从便”的地方去“剃”，亮堂堂的很悦目。女子也剪发，在理论上我极同意，可是看着别扭。问我女子该梳什么“头”，我也答不出，我总以为女性应留着头发。我的母亲，我的大姐，不都是世界上最好的女人么？她们都没剪发。

行难知易，有如是者。

还想着它

钱在我手里，也不怎么，不会生根。我并不胡花，可是钱老出去的很快。据相面的说，我的缝指太宽，不易存财；到如今我还没法打倒这个讲章。在德法意等国跑了一圈，心里很舒服了，因为钱已花光。钱花光就不再计划什么事儿，所以心里舒服。幸而巴黎的朋友还拿着我几个钱，要不然哪，就离不了法国。这几个钱仅够买三等票到新加坡的。那也无法，到新加坡再讲吧。反正新加坡比马赛离家近些，就是这个主意。

上了船，袋里还剩下十几个佛郎，合华币大洋一元有余；多少不提，到底是现款。船上遇见了几位留法回家的“国留”——复杂着一点说，就是留法的中国学生。大家一见如故。不大会儿的工夫，大家都彼此明白了经济状况；最阔气的是位姓李的，有二十七个佛郎；比我阔着块巴来钱。大家把钱凑在一处，很可以买瓶香槟酒，或两枝不错的吕宋烟。我们既不想喝香槟或吸吕宋，连头发都决定不去剪剪，那么，我们到底不是赤手空拳，干吗不快活呢？大家很高兴，说得也投缘。有人提议：到上海可以组织个银行。他是学财政的。我没表示什么，因为我的船票只到新加坡；上海的事先不必操心。

船上还有两位印度学生，两位美国华侨少年，也都挺和气。两位印度学生穿得满讲究，也关心中国的事。在开船的第三天早晨，他俩打起来：一个弄了个黑眼圈，一个脸上挨了一鞋底。打架的原因：他俩分头向我们诉冤，是为一双袜子。也不是谁卖给谁，穿了（或者没穿）一天又不要了，于是打起来。黑眼圈的除用湿手绢捂着眼，一天到晚嘟囔着：“在国里，我吐痰都不屑于吐在他身上！他脏了我的鞋底！”吃了鞋底的那位就对我们讲：“上了岸再说；揍他，勒死，用小刀子捅！”他俩不再和我们讨论中国的问题，我们也不问甘地怎样了。

那两位华侨少年中的一位是出来游历：由美国到欧洲大陆，而后到上海，再回家。他在柏林住了一天，在巴黎住了一天，他告诉我，都是停在旅馆里，没有出门。他怕引诱。柏林巴黎都是坏地方，没意思，他说。到了马赛，他丢了一只皮箱。那一位少年是干什么的，我不知道。他一天到晚想家。想家之外，便看法国姑娘。而后告诉那位出来游历的："她们都钓我呢！"

所谓"她们"，是七八个到安南或上海的法国舞女，最年轻的不过才三十多岁。三等舱的食堂永远被她们占据着。她们吸烟，吃饭，抡大腿，练习唱，都在这儿。领导的是个五十多岁的小干老头儿，脸像个干橘子。她们没事的时候也还光着大腿，有俩小军官时常和她们弄牌玩。可是那位少年老说她们关心着他。

三等舱里不能算不热闹，舞女们一唱就唱两个多钟头。那个小干老头似乎没有夸奖她们的时候，差不多老对她们喊叫。可是她们也不在乎。她们唱或抡腿，我们就瞎扯，扯腻了便到甲板上过过风。我们的茶房是中国人，永远蹲在暗处，不留神便踩了他的脚。他卖一种黑玩艺，五个佛郎一小包，舞女们也有买的。

二十多天就这样过去：听唱，看大腿，瞎扯，吃饭。舱中老是这些人，外边老是那些水。没有一件新鲜事，大家的脸上眼看着往起长肉，好像一船受填时期的鸭子。坐船是件苦事，明知光阴怪可惜，可是没法不白白扔弃。书读不下去，海是看腻了，话也慢慢的少起来。我的心里想着：到新加坡怎办呢？

就在那么心里悬虚一天的，到了新加坡。再想在船上吃，是不可能了，只好下去。雇上洋车，不，不应当说雇上，是坐上；此处的洋车夫是多数不识路的，即使识路，也听不懂我的话。坐上，用手一指，车夫便跑下去。我是想上商务印书馆。不记得街名，可是记得它是在条热闹街上；上欧洲去的时候曾经在此处玩过一天。洋车一直跑下去，我心里说：商务印书馆要是在这条街上等着我，便是开门见喜；它若不在这条街上，我便玩完。事情真凑巧，商务馆果然等着我呢。说不定还许是临时搬过来的。

这就好办了。进门就找经理。道过姓字名谁，马上问有什么工作没有。经理是包先生，人很客气，可是说事情不大易找。他叫我去看看南洋兄弟烟草公司的黄曼士先生——在地面上很熟，而且好交朋友。我去见黄先生，自然是先在商务馆吃了顿饭。黄先生也一时想不到事情，可是和我成了很好的朋友；我在新加坡，后来，常到他家去吃饭，也常一同出去玩。他是个很可爱的人。他家给他寄茶，总是龙井与香片两种，他不喜喝香片，便都归了我；所以在南洋我还有香片茶吃。不过，这都是后话。我还得去找事，不远就是中华书局，好，就是中华书局吧。经理徐采明先生至今还是我的好朋友。倒不在乎他给找着个事作，他的人可爱。见了他，我说明来意。他说有办法。马上领我到华侨中学去。这个中学离街市至少有十多里，好在公众汽车（都是小而红的车，跑得飞快）方便，一会儿就到了。徐先生替我去吆喝。行了，他们正短个国文教员。马上搬来行李，上任大吉。有了事作，心才落了实，花两毛钱买了个大柚子吃吃。然后支了点钱，买了条毯子，因为夜间必须盖上的。买了身白衣裳，中不中，西不西，自有南洋风味。赊了部《辞源》；教书不同自己读书，字总得认清了——有好些好些字，我总以为认识而实在念不出。一夜睡得怪舒服；新《辞源》摆在桌上被老鼠啃坏，是美中不足。预备用皮鞋打老鼠，及至见了面，又不想多事了，老鼠的身量至少比《辞源》长，说不定还许是仙鼠呢，随它去吧。老鼠虽大，可并不多。讲多是壁虎。到处是它们：棚上墙上玻璃杯里——敢情它们喜甜味，盛过汽水的杯子总有它们来照顾一下。它们还会唱，吱吱的，没什么好听，可也不十分讨厌。

天气是好的。早半天教书，很可以自自然然的，除非在堂上被学生问住，还不至于四脖子汗流的。吃过午饭就睡大觉，热便在暗中渡过去。六点钟落太阳，晚饭后还可以作点工，壁虎在墙上唱着。夜间必须盖条毯子，可见是不热；比起南京的夏夜，这里简直是仙境了。我很得意，有薪水可拿，而夜间还可以盖毯子，美！况且还得冲凉呢，早午晚三次，在自来水龙头下，灌顶浇脊背，也是痛快事。

可是，住了不到几天，我发烧，身上起了小红点。平日我是很勇敢的，一病可就有点怕死。身上有小红点哟，这玩艺，痧疹归心，不死才怪！把校医请来了，他给了我两包金鸡纳霜，告诉我离死还很远。吃了金鸡纳霜，睡在床上，既然离死很远，死我也不怕了，于是依旧勇敢起来。早晚在床上听着户外行人的足声，“心眼”里制构着美的图画：路的两旁杂生着椰树槟榔；海蓝的天空；穿白或黑的女郎，赤着脚，趿拉着木板，嗒嗒的走，也许看一眼树丛中那怒红的花。有诗意呀。矮而黑的锡兰人，头缠着花布，一边走一边唱。躺了三天，颇能领略这种浓绿的浪漫味儿，病也就好了。

一下雨就更好了。雨来得快，止得快，沙沙的一阵，天又响晴。路上湿了，树木绿到不能再绿。空气里有些凉而浓厚的树林子味儿，马上可以穿上夹衣。喝碗热咖啡顶那个。

学校也很好。学生们都会听国语，大多数也能讲得很好。他们差不多都很活泼。因为下课后便不大穿衣，身上就黑黑的，健康色儿。他们都很爱中国，愿意听激烈的主张与言语。他们是资本家——大小不同，反正非有俩钱不能入学读书——的子弟，可是他们愿打倒资本家。对于文学，他们也爱最新的，自己也办文艺刊物。他们对先生们不大有礼貌，可不是故意的；他们爽直。先生们若能和他们以诚相见，他们便很听话。可惜有的先生爱耍些小花样！学生们不奢华。一身白衣便解决了衣的问题；穿西服受洋罪的倒是先生们，因为先生们多是江浙与华北的人，多少习染了上海的派头儿。吃也简单，除了爱吃刨冰，他们并不多花钱。天气使衣食住都简单化了。以住说吧，有个床，有条毯子，便可以过去。没毯子，盖点报纸，其实也可以将就。再有个自来水管，作冲凉之用，便万事亨通。还有呢，社会是个工商社会，大家不讲究穿，不讲究排场，也不讲究什么作诗买书，所以学生自然能俭朴。从一方面说，这个地方没有上海或北平那样的文化；从另一方面说，它也没有酸味的文化病。此地不能产生《儒林外史》。自然，大烟窑子等是有的，可是学生还不至于干这些事儿。倒是由内地的先生们觉得苦闷，没有社会。事业都在广东福建人手里，当教员的没有地位，也打不进广东或福建人的圈里去。教员似乎是一些高等工人，雇来的；出钱办学的人们没有把他们放在心里。玩的地方也没有，除了电影，没有可看的。所以住到三个月，我就有点厌烦了。别人也这么说。还拿天气说吧，老那么好，老那么好，没有变化，没有春夏秋冬，这就使人生厌。况且别的事儿也是死板板的没变化呢。学生们爱玩球，爱音乐，倒能有事可作。先生们在休息的时候，只能弄点汽水闲谈。我开始写《小坡的生日》。

本来我想写部以南洋为背景的小说。我要表扬中国人开发南洋的功绩：树是我们栽的，田是我们垦的，房是我们盖的，路是我们修的，矿是我们开的。都是我们作的。毒蛇猛兽，荒林恶瘴，我们都不怕。我们赤手空拳打出一座南洋来。我要写这个。我们伟大。是的，现在西洋人立在我们头上。可是，事业还仗着我们。我们在西人之下，其他民族之上。假如南洋是个糖烧饼，我们是那个糖馅。我们可上可下。自要努力使劲，我们只有往上，不会退下。没有了我们，便没有了南洋；这是事实，自自然然的事实。马来人什么也不干，只会懒。印度人也干不过我们。西洋人住上三四年就得回家休息，不然便支持不住。干活是我们，作买卖是我们，行医当律师也是我们。住十年，百年，一千年，都可以，什么样的天气我们也受得住，什么样的苦我们也能吃，什么样的工作我们有能力去干。说手有手，说脑子有脑子。我要写这么一本小说。这不是英雄崇拜，而是民族崇拜。所谓民族崇拜，不是说某某先生会穿西装，讲外国话，和懂得怎样给太太提着小伞。我是要说这几百年来，光脚到南洋的那些真正好汉。没钱，没国家保护，什么也没有。硬去干，而且真干出玩艺来。我要写这些真正中国人，真有劲的中国人。中国是他们的，南洋也是他们的。那些会提小伞的先生们，屁！连我也算在里面。

可是，我写不出。打算写，得到各处去游历。我没钱，没工夫。广东话，福建话，马来话，我都不会。不懂的事还很多很多。不敢动笔。黄曼士先生没事就带我去看各种事儿，为是供给我点材料。可是以几个月的工夫打算抓住一个地方的味儿，不会。再说呢，我必须描写海，和中国人怎样在海上冒险。对于海的知识太少了；我生在北方，到二十多岁才看见了轮船。

那么，只好多住些日子了。可是我已离家六年，老母已七十多岁，常有信催我回家。为省得闲着，我开始写《小坡的生日》。本来想写的只好再等机会吧。直到如今，啊，机会可还没来。

写《小坡的生日》的动机是：表面的写点新加坡的风景什么的。还有：以儿童为主，表现着弱小民族的联合——这是个理想，在事实上大家并不联合，单说广东与福建人中间的成见与争斗便很厉害。这本书没有一个白小孩，故意的落掉。写了三个多月吧，得到五万来字；到上海又补了一万。

这本书中好的地方，据我自己看，是言语的简单与那些像童话的部分。它不完全是童话，因为前半截有好些写实处——本来是要描写点真事。这么一来，实的地方太实，虚的地方又很虚，结果是既不像童话，又非以儿童为主的故事，有点四不像了。设若有工夫删改，把写实的部分去掉，或者还能成个东西。可是我没有这个工夫。顶可笑的是在南洋各色小孩都讲着漂亮——确是漂亮——的北平话。

《小坡的生日》写到五万来字，放年假了。我很不愿离开新加坡，可是要走这是个好时候，学期之末，正好结束。在这个时节，又有去作别的事情的机会。若是这些事情中有能成功的，我自然可以辞去教职而仍不离开此地，为是可以多得些经验。可是这些事都没成功，因为有人从中破坏。这么一来，我就决定离开。我不愿意自己的事和别人捣乱争吵。在阳历二月底，我又上了船。

到现在想起来，我还很爱南洋——它在我心中是一片颜色，这片颜色常在梦中构成各样动心的图画。它是实在的，同时可以是童话的，原始的，浪漫的。无论在经济上，商业上，军事上，民族竞争上，诗上，音乐上，色彩上，它都有种魔力。

落花生

我是个谦卑的人。但是，口袋里装上四个铜板的落花生，一边走一边吃，我开始觉得比秦始皇还骄傲。假若有人问我："你要是作了皇上，你怎么享受呢？"简直的不必思索，我就答得出："派四个大臣拿着两块钱的铜子，爱买多少花生吃就买多少！"

什么东西都有个幸与不幸。不知道为什么瓜子比花生的名气大。你说，凭良心说，瓜子有什么吃头？它夹你的舌头，塞你的牙，激起你的怒气——因为一咬就碎；就是幸而没碎，也不过是那么小小的一片，不解饿，没味道，劳民伤财，布尔乔亚！你看落花生：大大方方的，浅白麻子，细腰，曲线美。这还只是看外貌。弄开看：一胎儿两个或者三个粉红的胖小子。脱去粉红的衫儿，象牙色的豆瓣一对对的抱着，上边儿还结着吻。那个光滑，那个水灵，那个香喷喷的，碰到牙上那个干松酥软！白嘴吃也好，就酒喝也好，放在舌上当槟榔含着也好。写文章的时候，三四个花生可以代替一支香烟，而且有益无损。

种类还多呢：大花生，小花生，大花生米，小花生米，糖饯的，炒的，煮的，炸的，各有各的风味，而都好吃。下雨阴天，煮上些小花生，放点盐；来四两玫瑰露；够作好几首诗的。瓜子可给诗的灵感？冬夜，早早的躺在被窝里，看着《水浒》，枕旁放着些花生米；花生米的香味，在舌上，在鼻尖；被窝里的暖气，武松打虎……这便是天国！冬天在路上，刮着冷风，或下着雪，袋里有些花生使你心中有了主儿；掏出一个来，剥了，慌忙往口中送，闭着嘴嚼，风或雪立刻不那么厉害了。况且，一个二十岁以上的人肯神仙似的，无忧无虑的，随随便便的，在街上一边走一边吃花生，这个人将来要是作了宰相或度支部尚书，他是不会有官僚气与贪财的。他若是作了皇上，必是朴俭温和直爽天真的一位皇上，没错。吃瓜子的照例不在街上走着吃，所以我不给他保这个险。

至于家中要是有小孩儿，花生简直比什么也重要。不但可以吃，而且能拿它们玩。夹在耳唇上当环子，几个小姑娘就能办很大的一回喜事。小男孩若找不着玻璃球儿，花生也可以当弹儿。玩法还多着呢。玩了之后，剥开再吃，也还不脏。两个大子儿的花生可以玩半天；给他们些瓜子试试。

论样子，论味道，栗子其实满有势派儿。可是它没有落花生那点家常的“自己”劲儿。栗子跟人没有交情，仿佛是。核桃也不行，榛子就更显着疏远。落花生在哪里都有人缘，自天子以至庶人都跟它是朋友；这不容易。

在英国，花生叫作“猴豆”——Monkey nuts。人们到动物园去才带上一包，去喂猴子。花生在这个国里真不算很光荣，可是我亲眼看见去喂猴子的人——小孩就更不用提了——偷偷的也往自己口中送这猴豆。花生和苹果好像一样的有点魔力，假如你知道苹果的典故；我这儿确是用着典故。

美国吃花生的不限于猴子。我记得有位美国姑娘，在到中国来的时候，把几只皮箱的空处都填满了花生，大概凑起来总够十来斤吧，怕是到中国吃不着这种宝物。美国姑娘都这样重看花生，可见它确是有价值；按照哥伦比亚的哲学博士的辩证法看，这当然没有误儿。

花生大概还跟婚礼有点关系，一时我可想不起来是怎么个办法了；不是新娘子在轿里吃花生，不是；反正是什么什么春吧——你可晓得这个典故？其实花轿里真放上一包花生米，新娘子未必不一边落泪一边嚼着。

无题（因为没有故事）

人是为明天活着的，因为记忆中有朝阳晓露；假若过去的早晨都似地狱那么黑暗丑恶，盼明天干吗呢？是的，记忆中也有痛苦危险，可是希望会把过去的恐怖裹上一层糖衣，像看着一出悲剧似的，苦中有些甜美。无论怎说吧，过去的一切都不可移动；实在，所以可靠；明天的渺茫全仗昨天的实在撑持着，新梦是旧事的拆洗缝补。

对了，我记得她的眼。她死了好多年了，她的眼还活着，在我的心里。这对眼睛替我看守着爱情。当我忙得忘了许多事，甚至于忘了她，这两只眼会忽然在一朵云中，或一汪水里，或一瓣花上，或一线光中，轻轻的一闪，像归燕的翅儿，只须一闪，我便感到无限的春光。我立刻就回到那梦境中，哪一件小事都凄凉，甜美，如同独自在春月下踏着落花。

这双眼所引起的一点爱火，只是极纯的一个小火苗，像心中的一点晚霞，晚霞的结晶。它可以烧明了流水远山，照明了春花秋叶，给海浪一些金光，可是它恰好的也能在我心中，照明了我的泪珠。

它们只有两个神情：一个是凝视，极短极快，可是千真万确的是凝视。只微微的一看，就看到我的灵魂，把一切都无声的告诉了给我。凝视，一点也不错，我知道她只须极短极快的一看，看的动作过去了，极快的过去了，可是，她心里看着我呢，不定看多么久呢；我到底得管这叫作凝视，不论它是多么快，多么短。一切的诗文都用不着，这一眼道尽了“爱”所会说的与所会作的。另一个是眼珠横着一移动，由微笑移动到微笑里去，在处女的尊严中笑出一点点被爱逗出的轻佻，由热情中笑出一点点无法抑止的高兴。

我没和她说过一句话，没握过一次手，见面连点头都不点。可是我的一切，她知道；她的一切，我知道。我们用不着看彼此的服装，用不着打听彼此的身世，我们一眼看到一粒珍珠，藏在彼此的心里；这一点点便是我们的一切，那些七零八碎的东西都是配搭，都无须注意。看我一眼，她低着头轻快的走过去，把一点微笑留在她身后的空气中，像太阳落后还留下一些明霞。

我们彼此躲避着，同时彼此愿马上搂抱在一处。我们轻轻的哀叹；忽然遇见了，那么凝视一下，登时欢喜起来，身上像减了分量，每一步都走得轻快有力，像要跳起来的样子。

我们极愿意过一句话，可是我们很怕交谈，说什么呢？哪一个日常的俗字能道出我们的心事呢？让我们不开口，永不开口吧！我们的对视与微笑是永生的，是完全的，其余的一切都是破碎微弱，不值得一作的。

我们分离有许多年了，她还是那么秀美，那么多情，在我的心里。她将永远不老，永远只向我一个人微笑。在我的梦中，我常常看见她，一个甜美的梦是最真实，最纯洁，最完美的。多少多少人生中的小困苦小折磨使我丧气，使我轻看生命。可是，那个微笑与眼神忽然的从哪儿飞来，我想起唯有“人面桃花相映红”差可托拟的一点心情与境界，我忘了困苦，我不再丧气，我恢复了青春；无疑的，我在她的洁白的梦中，必定还是个美少年呀。

春在燕的翅上，把春光颤得更明了一些，同样，我的青春在她的眼里，永远使我的血温暖，像土中的一颗子粒，永远想发出一个小小的绿芽。一粒小豆那么小的一点爱情，眼珠一移，嘴唇一动，日月都没有了作用，到无论什么时候，我们总是一对刚开开的春花。

不要再说什么，不要再说什么！我的烦恼也是香甜的呀，因为她那么看过我！

取　钱

我告诉你，二哥，中国人是伟大的。就拿银行说吧，二哥，中国最小的银行也比外国的好，不冤你。你看，二哥，昨儿个我还在银行里睡了一大觉。这个我告诉你，二哥，在外国银行里就做不到。

那年我上外国，你不是说我随了洋鬼子吗？二哥，你真有先见之明。还是拿银行说吧，我亲眼得见，洋鬼子再学一百年也赶不上中国人。洋鬼子不够派儿。好比这么说吧，二哥，我在外国拿着张十镑钱的支票去兑现钱。一进银行的门，就是柜台，柜台上没有亮亮的黄铜栏杆，也没有大小的铜牌。二哥你看，这和油盐店有什么分别？不够派儿。再说人吧，柜台里站着好几个，都那么光梳头，净洗脸的，脸上还笑着；这多下贱！把支票交给他们谁也行，谁也是先问你早安或午安；太不够派儿了！拿过支票就那么看一眼，紧跟着就问：“怎么拿？先生！”还是笑着。哪道买卖人呢？！叫“先生”还不够，必得还笑，洋鬼子脾气！我就说了，二哥：“四个一镑的单张，五镑的一张，一镑零的；零的要票子和钱两样。”要按理说，二哥，十镑钱要这一套啰哩啰嗦，你讨厌不，假若二哥你是银行的伙计？你猜怎么样，二哥，洋鬼子笑得更下贱了，好像这样麻烦是应当应分。喝，登时从柜台下面抽出簿子来，刷刷的就写；写完，又一伸手，钱是钱，票子是票子，没有一眨眼的工夫，都给我数出来了；紧跟着便是：“请点一点，先生！”又是一个“先生”，下贱，不懂得买卖规矩！点完了钱，我反倒愣住了，好像忘了点什么。对了，我并没忘了什么，是奇怪洋鬼子干事——况且是堂堂的大银行——为什么这样快？赶丧哪？真他妈的！

二哥，还是中国的银行，多么有派儿！我不是说昨儿个去取钱吗？早八点就去了，因为现在天儿热，银行八点就开门；抓个早儿，省得大晌午的劳动人家；咱们事事都得留个心眼，人家有个伺候得着与伺候不着，不是吗？到了银行，人家真开了门，我就心里说，二哥：大热的天，说什么时候开门就什么时候开门，真叫不容易。其实人家要愣不开一天，不是谁也管不了吗？一边赞叹，我一边就往里走。喝，大电扇忽忽的吹着，人家已经都各按部位坐得稳稳当当，吸着烟卷，按着铃要茶水，太好了，活像一群皇上，太够派儿了。我一看，就不好意思过去，大热的天，不叫人家多歇会儿，未免有点不知好歹。可是我到底过去了，二哥，因为怕人家把我撵出去；人家看我像没事的，还不撵出来么？人家是银行，又不是茶馆，可以随便出入。我就过去了，极慢的把支票放在柜台上。没人搭理我，当然的。有一位看了我一眼，我很高兴；大热的天，看我一眼，不容易。二哥，我一过去就预备好了：先用左腿金鸡独立的站着，为是站乏了好换腿。左腿立了有十分钟，我很高兴我的腿确是有了劲。支持到十二分钟举不能不换腿了，于是就来个右金鸡独立。右腿也不弱，我更高兴了，嗨，爽性来个猴啃桃吧，我就头朝下，顺着柜台倒站了几分钟。翻过身来，大家还没动静，我又翻了十来个跟头，打了些旋风脚。刚站稳了，过来一位；心里说：我还没练两套拳呢；这么快？那位先生敢情是过来吐口痰，我补上了两套拳。拳练完了，我出了点汗，很痛快。又站了会儿，一边喘气，一边欣赏大家的派头——真稳！很想给他们喝个彩。八点四十分，过来一位，脸上要下雨，眉毛上满是黑云，看了我一眼，我很难过，大热的天，来给人家添麻烦。他看了支票一眼，又看了我一眼，好像断定我和支票像亲哥儿俩不像。我很想把脑门子上签个字。他连大气没出把支票拿了走，扔给我一面小铜牌。我直说："不忙，不忙！今天要不合适，我明天再来；明天立秋。"我是真怕把他气死，大热的天。他还是没理我，真够派儿，使我肃然起敬！

拿着铜牌，我坐在椅子上，往放钱的那边看了一下。放钱的先生——一位像屈原的中年人——刚按铃要鸡丝面。我一想：工友传达到厨房，厨子还得上街买鸡，凑巧了鸡也许还没长成个儿；即使顺当的买着鸡，面也许还没磨好。说不定，这碗鸡丝面得等三天三夜。放钱的先生当然在吃面之前决不会放钱；大热的天，腹里没食怎能办事。我觉得太对不起人了，二哥！心中一懊悔，我有点发困，靠着椅子就睡了。睡得挺好，没蚊子也没臭虫，到底是银行里！一闭眼就睡了五十多分钟；我的身体，二哥，是不错了！吃得饱，睡得着！偷偷的往放钱的先生那边一看，（不好意思正眼看，大热的天，赶劳人是不对的！）鸡丝面还没来呢。我很替他着急，肚子怪饿的，坐着多么难受。他可是真够派儿，肚子那么饿还不动声色，没法不佩服他了，二哥。

大概有十点左右吧，鸡丝面来了！“大概”，因为我不肯看壁上的钟——大热的天，表示出催促人家的意思简直不够朋友。况且我才等了两点钟，算得了什么。我偷偷的看人家吃面。他吃得可不慢。我觉得对不起人。为兑我这张支票再逼得人家噎死，不人道！二哥，咱们都是善心人哪。他吃完了面，按铃要手巾把，然后点上火纸，咕噜开小水烟袋。我这才放心，他不至于噎死了。他又吸了半点多钟水烟。这时候，二哥。等取钱的已有了六七位，我们彼此对看，眼中都带出对不起人的神气，我要是开银行，二哥，开市的那天就先枪毙俩取钱的，省得日后麻烦。大热的天，取哪门子钱？不知好歹！

十点半，放钱的先生立起来伸了伸腰。然后捧着小水烟袋和同事的低声闲谈起来。我替他抱不平，二哥，大热的天，十时半还得在行里闲谈，多么不自由！凭他的派儿，至少该上青岛避两月暑去；还在行里，还得闲谈，哼！

十一点，他回来，放下水烟袋，出去了；大概是去出恭。十一点半才回来。大热的天，二哥，人家得出半点钟的恭，多不容易！再说，十一点半，他居然拿起笔来写账，看支票。我直要过去劝告他不必着急。大热的天，为几个取钱的得点病才合不着。到了十二点，我决定回家，明天再来。我刚要走，放钱的先生喊：“一号！”我真不愿过去，这个人使我失望！才等了四点钟就放钱，派儿不到家！可是，他到底没使我失望。我一过去，他没说什么，只指了指支票的背面。原来我忘了在背后签字，他没等我拔下自来水笔来，说了句：“明天再说吧。”这才是我所希望的！本来吗，人家是一点关门；我补签上字，再等四点钟，不就是下午四点了吗？大热的天，二哥，人家能到时候不关门？我收起支票来，想说几句极合适的客气话，可是他喊了“二号”；我不能再耽误人家的工夫，决定回家好好的写封道歉的信！二哥，你得开开眼去，太够派儿！

鬼与狐

我所见过的鬼都是鼻眼俱全，带着腿儿，白天在街上蹓跶的。夜里出来活动的鬼，还未曾遇到过；不是他们的过错，而是因为我不敢走黑道儿。平均的说，我总是晚上九点后十点前睡觉，鬼们还未曾出来；一睁眼就又天亮了，据说鬼们是在鸡鸣以前回家休息的。所以我老与鬼们两不照面，向无交往。即使有时候鬼在半夜扒着窗户看看我，我向来是睡得如死狗一般，大概他们也不大好意思惊动我。据我推测，鬼的拿手戏是在吓唬人；那么，我夜间不醒，他也就没办法。就是他想一口冷气把我吹死，到底未能先使我的头发立起如刺猬的样子，他大概是不会过瘾的。

假若黑夜的鬼可以躲避，白天的鬼倒真没法儿防备。我不能白天也老睡觉。只要我一上街，总得遇上他。有时候在家中静坐，他会找上门来。夜里的鬼并不这样讨人嫌。还有呢，夜间的鬼有种种奇装异服与怪脸面，使人一见就知道鬼来了，如披着头发，吐着舌头，走道儿没声音，和驾着阴风等等。这些特异的标帜使人先有个准备，能打呢就和他开仗，如若个子太高或样子太可怕呢，咱就给他表演个二百米或一英里竞走，虽然他也许打破我的纪录，而跑到前面去，可是到底我有个希望。白天的鬼，哼，比夜间的要厉害着多少倍，简直不知多少倍。第一，他不吐舌头，也不打旋风；他只在你不留神的时候，脚底下一绊，你准得躺下。他的样子一点也不见得比我难看，十之八九是胖胖的，一肚子鬼胎。他要能吓唬你，自然是见面就"虎"一气了；可是一般的说，他不"虎"，而是嬉皮笑脸的讨人喜欢，等你中了他的计策之后，你才觉出他比棺材板还硬还凉。他与夜鬼的分别是这样：夜鬼拿人当人待，他至多不过希望拉个替身；白日鬼根本不拿人当人，你只是他的诡计中的一个环节，你永远逃不出他的圈儿。夜鬼大概多少有点委屈，所以白脸红舌头的出出恶气，这情有可原。白日鬼什么委屈也没有，他干脆要占别人的便宜。夜鬼不讲什么道德，因为他晓得自己是鬼；白日鬼很讲道德，嘴里讲，心里是男盗女娼一应俱全。更厉害的是他比夜鬼的心眼多，他知道怎样有组织，用大家的势力摆下迷魂大阵，把他所要收拾的一一的捉进阵去。在夜鬼的历史里，很少有大头鬼、吊死鬼等等联合起来作大规模运动的。白日鬼可就两样了，他们永远有团体，有计划，使你躲开这个，躲不开那个，早晚得落在他们的手中。夜鬼因为势力孤单，他知道怎样不专凭势力，而有时也去找个清官，如包老爷之流，诉诉委屈，而从法律上雪冤报仇。白日鬼不讲这一套，世上的包老爷多数死在他们手里，更不用说别人了。这种鬼的存在似乎专为害人，就是害不死人，也把人气死。他们什么也晓得，只是不晓得怎样不讨厌。他们的心眼很复杂，很快，很柔软——像块皮糖似的怎揉怎合适，怎方便怎去。他们没有半点火气，地道的纯阴，心凉得像块冰似的，口中叼着大吕宋烟。

这种无处无时不讨厌的鬼似乎该有个名称，我想“不知死的鬼”就很恰当。这种鬼虽具有人形，而心肺则似乎不与人心人肺的标本一样。他在顶小的利益上看出天大的甜头，在极黑暗的地方看出美，找到享乐。他吃，他唱，他交媾，他不知道死。这种玩艺们把世界弄成了鬼的世界，有地狱的黑暗，而无其严肃。

鬼之外，应当说到狐。在狐的历史里，似乎女权很高，千年白狐总是变成娇艳的小娘子——可惜就是有时候露出点小尾巴。虽然有时候狐也变成白发老翁，可是究竟是老翁，少壮的男狐精就不大听说。因此，鬼若是可怕，狐便可怕而又可喜，往往使人舍不得她。她浪漫。

因为浪漫，狐似乎有点傻气，至少比“不知死的鬼”傻多了。修炼了千年或更长的时间才能化为人形，不刻苦的继续下工夫，却偏偏为爱情而牺牲，以至被张天师的张手雷打个粉碎，其愚不可及也。况且所爱的往往不是有汽车高楼的痴胖子，而是风流年少的穷书生；这太不上算了，要按着世上女鬼的逻辑说。

狐的手段也不高明。对于得罪他们的人，只会给饭锅里扔把沙子，或把茶壶茶碗放在厕所里去。这种办法太幼稚，只能恼人而不叫人真怕他们。于是人们请来高僧或捉妖的老道，门前挂上符咒，老少狐仙便即刻搬家。在这一点上，狐远不及鬼，更不及白日的鬼。鬼会在半夜三更叫唤几声，就把人吓得藏在被窝里出白毛汗，至少得烧点纸钱安慰安慰冤魂。至于那白日鬼就更厉害了，他会不动声色的，跟你一块吃喝的工夫，把你送到阴间去，到了阴间你还不知道是怎么回事呢。

我以为说鬼说狐的故事与文艺大概多数的是为造成一种恐怖，故意的供给一种人为的哆嗦，好使心中空洞的人有些一想就颤抖的东西——神经的冷水浴。在这个目的以外，也许还有时候含着点教训，如鬼狐的报恩等等。不论是怎样吧，写这样故事的人大概都是为避免着人事，因为人事中的阴险诡诈远非鬼所能及；鬼的能力与心计太有限了，所以鬼事倒比较的容易写一些。至于鬼狐报恩一类的事，也许是求之人世而不可得，乃转而求诸鬼狐吧。

青岛与我

这是头一次在青岛过夏。一点不吹，咱算是开了眼。可是，只能说开眼；没有别的好处。就拿海水浴说吧，咱在海边上亲眼看见了洋光眼子！可是咱自家不敢露一手儿。大概您总可以想象得到：一个比长虫——就是蛇呀——还瘦的人儿，穿上上不着天，下不着地的浴衣，脖子上套着太平圈，浑身上下骨骼分明，端立海岸之上，这是不是故意的气人？即使大家不动气，咱也不敢往水里跳呀；脖子上套着皮圈，而只在沙土上“憧憬”，泄气本无不可，可也不能泄得出奇。咱只能穿着夏布大衫，远远的瞧着；偶尔遇上个异教卫道的人，相对微笑点首，叹风化之不良；其实他也跟我一样，不敢下水。海水浴没了咱的事。

白天上海岸，晚上呢自然得上跳舞场。青岛到夏天，的确是热闹：白舞女，黄舞女，黑舞女，都光着脚，脚指甲上涂得通红晶亮，鞋只是两根绊儿和两个高底。衣服，帽子，花样之多简直说不尽。按说咱既不敢下海，晚上似乎该去跳了，出点汗，活动活动。咱又没这个造化。第一，晚上一过九点就想睡；到舞场买票睡觉，似乎大可不必。第二呢，跳倒可以敷衍着跳一气，不过人家不踩咱的脚指，而咱只踩人家的，虽说有独到之处，到底怪难以为情。莫若早早的睡吧，不招灾，不惹祸。况且这么规规矩矩，也足引起太太的敬意，她甚至想登报颂扬我的“仁政”，可是被我拦住了，我向来是不好虚荣的。

既不去赶热闹，似乎就该在家中找些乐事；唱戏，打牌，安无线广播机等等都是青岛时行的玩艺。以唱戏说，不但早晨在家中吊嗓子的很多，此地还有许多剧社，锣鼓俱全，角色齐备，倒怪有个意思。我应当加入剧社，我小时候还听过谭鑫培呢，当然有唱戏的资格。找了介绍人，交了会费，头一天我就露了一出《武家坡》。我觉得唱得不错，第二天早早就去了，再想露一出拿手的。等了足有两点钟吧。一个人也没来，社员们太不热心呀，我想。第三天我又去了，还是没人，这未免有点奇怪。坐了十来分钟我就出去了，在门口遇见了个小孩。“小孩，”我很和气的说，“这儿怎样老没人？”小孩原来是看守票房李六的儿子，知道不少事儿。“这两天没人来，因为呀，”小孩笑着看了我一眼，“前天有一位先生唱得像鸭子叫唤，所以他们都不来啦；前天您来了吗？”我摇了摇头，一声没出就回了家。回到家里，我一咂摸滋味，心里可真有点不得劲儿。可是继而一想呢，票友们多半是有习气的，也许我唱得本来很好，而他们“欺生”。这么一想，我就决定在家里独唱，不必再出去怄闲气。唱，我一个人可就唱开了，“文武代打，”好不过瘾！唱到第三天，房东来了，很客气的请我搬家，房东临走，向敝太太低声说了句：“假若先生不唱呢，那就不必移动了，大家都是朋友！”太太自然怕搬家，先生自然怕太太，我首先声明我很讨厌唱戏。

我刚要去买播音机，邻居郑家已经安好，我心中不大好过。在青岛，什么事走迟了一步，风头就被别人出尽；我不必再花钱了，既然已叫郑家抢了先。再说呢，他们播放，我听得很真，何必一定打对仗呢。我决定等着听便宜的。郑家的机器真不坏，据说花了八百多块。每到早十点，他们必转弄那个玩艺。最初是像火车挂钩，嘎！哗啦，哗啦！哗啦了半天，好似怕人讨厌它太单调，忽然改了腔儿，细声细气的嘟嘟，像老牛害病时那样呻吟。猛古丁的又改了办法，啪啪，喔——喔，越来越尖，咯喳！我以为是院中的柳树被风刮折了一棵！这是前奏曲。一切静寂，有五分钟的样子，忽然兜着我的耳根子："南京！"也就是我呀，修养差一点的，管保得惊疯！吃了一丸子定神丸，我到底要听听南京怎样了。呕，原来南京的底下是——"王小姐唱《毛毛雨》"。这个《毛毛雨》可与众不同：第一声很足壮，第二声忽然像被风刮了走，第三声又改了火车挂钩，然后紧跟着刮风，下雨，打雷，空军袭击城市，海啸；《毛毛雨》当然听不到了。闹了一大阵，兜着我的耳根子——"北平！"我堵上了耳朵。早晨如是，下午如是，夜间如是；这回该我找房东去了。我搬了家。

还就是打个小牌，大概可以不招灾惹祸，可是我没有忍力。叫我打一圈吗，还可以；一坐下就八圈，我受不了。况且十几张牌，咱得把它们摆成五行，连这么办还有时把该留着的打出去。在我，这是消遣，慢慢的调动，考虑，点头，迟疑，原无不可；可是别人受得了吗。莫若多一事不如少一事，不必招人讨厌。

您说青岛这个地方，除了这些玩耍，还有什么可干的？干脆的说吧，我简直和青岛不发生关系，虽然是住在这里。有钱的人来青岛，好。上青岛来结婚，妙。爱玩的人来青岛，行。对于我，它是片美丽的沙漠。

对，有一件事我做还合适，而且很时行。娶个姨太太。是的，我得娶个姨太太。又体面，又好玩。对，就这么办啦。我先别和太太商量，而暗中储蓄俩钱儿。等到娶了姨太太之后，也许我便唱得比鸭子好听，打牌也有了忍力……您等我的喜信吧！

最近二年，何容先生不知戒了多少次烟了，而指头上始终是黄的。

——《四位先生》

四位先生

吴组缃先生的猪

从青木关到歌乐山一带等处，在我所认识的交友中要算吴组缃先生最为阔绰。他养着一口小花猪。据说，这小动物的身价，值六百元。

每次我去访组缃先生，必附带的向小花猪致敬，因为我与组缃先生核计过了：假若他与我共同登广告卖身，大概也不会有人出六百元来买！

有一天，我又到吴宅去。给小江——组缃先生的少爷——买了几个比醋还酸的桃子。拿着点东西，好搭讪着骗顿饭吃，否则就太不好意思了。一进门，我看见吴太太的脸比晚日还红。我心里一想，便想到小花猪。假若小花猪丢了，或是出了别的毛病，组缃先生的阔绰便马上不存在了！一打听，果然是为了小花猪：它已绝食一天了。我很着急，急中生智，主张给它点奎宁吃，恐怕是打摆子。大家都不赞同我的主张。我又建议把它抱到床上盖上被子睡一觉，出点汗也许就好了；焉知道不是感冒呢？这年月的猪比人还娇贵呀！大家还是不赞成。后来，把猪医生请来了。我颇兴奋，要看看猪怎么吃药。猪医生把一些草药包在竹筒的大厚皮儿里，使小猪横衔着，两头向后束在脖子上：这样，药味与药汁便慢慢走入里边去。把药包儿束好，小花猪的口中好像生了两个翅膀，倒并不难看。

虽然吴宅有此骚动，我还是在那里吃了午饭——自然稍微的有点不得劲儿！

过了两天，我又去看小花猪——这回是专程探病，绝不为看别人；我知道现在猪的价值有多大！小花猪口中已无那个药包，而且也吃点东西了。大家都很高兴，我就又就棍打腿的骗了顿饭吃，并且提出声明：到冬天，得分给我几斤腊肉！组缃先生与太太没加任何考虑便答应了。吴太太说："几斤？十斤也行！想想看，那天它要是一病不起……"大家听罢，都出了冷汗！

马宗融先生的时间观念

马宗融先生的表大概是，我想是一个装饰品。无论约他开会，还是吃饭，他总迟到一个多钟头，他的表并不慢。

来重庆，他多半是住在白象街的作家书屋。有的说也罢，没的说也罢，他总要谈到夜里两三点钟。假若不是别人都困得不出一声了，他还想不起上床去。有人陪着他谈，他能一直坐到第二天夜里两点钟。表、月亮、太阳，都不能引起他注意到时间。

比如说吧，下午三点他须到观音岩去开会，到两点半他还毫无动静。“宗融兄，不是三点，有会吗？该走了吧？”有人这样提醒他。他马上去戴上帽子，提起那有茶碗口粗的木棒，向外走。“七点吃饭。早回来呀！”大家告诉他。他回答声“一定回来”，便匆匆地走出去。

到三点的时候，你若出去，你会看见马宗融先生在门口与一位老太婆，或是两个小学生，谈话儿呢！即使不是这样，他在五点以前也不会走到观音岩。路上每遇到一位熟人，便要谈，至少，十分钟的话。若遇上打架吵嘴的，他得过去解劝，还许把别人劝开，而他与另一位劝架的打起来！遇上某处起火，他得帮着去救。有人追赶扒手，他必然的加入，非捉到不可。看见某种新东西，他得过去问问价钱，不管买与不买。看到戏报子，马上他去借电话，问还有票没有……这样，他从白象街到观音岩，可以走一天，幸而他记得开会那件事，所以只走两三个钟头，到了开会的地方，即使大家已经散了会，他也得坐两点钟。他跟谁都谈得来，都谈得有趣，很亲切，很细腻。有人随便哼一句二黄，他立刻请教给他；有人刚买一条绳子，他马上过来练习跳绳——五十岁了啊！

七点，他想起来回白象街吃饭，归路上，又照样的劝架，救火，追贼，问物价，打电话……至早，他在八点半左右走到目的地。满头大汗，三步当作两步走的，他走了进来，饭早已开过了。

所以，我们与友人定约会的时候，若说随便什么时间，早晨也好，晚上也好，反正我一天不出门，你哪时来也可以，我们便说“马宗融的时间吧”！

姚蓬子先生的砚台

作家书屋是个神秘的地方，不信你交到那里一份文稿，而三五日后再亲自去索回，你就必定不说我扯谎了。

进到书屋，十之八九你找不到书屋的主人——姚蓬子先生。他不定在哪里藏着呢。他的被褥是稿子，他的枕头是稿子，他的桌上、椅上、窗台上……全是稿子。简单的说吧，他被稿子埋起来了。当你要稿子的时候，你可以看见一个奇迹。假如说尊稿是十张纸写的吧，书屋主人会由枕头底下翻出两张，由裤带里掏出三张，书架里找出两张，窗子上揭下一张，还欠两张。你别忙，他会由老鼠洞里拉出那两张，一点也不少！

单说蓬子先生的那块砚台，也足够惊人了！那是块无可形容的石砚。不圆不方，有许多角儿，而没有任何角度。有一点沿儿，豁口甚多，底子最奇，四围翘起，中间的一点凸出，如元宝之背，它会像陀螺似的在桌子乱转，还会一头高一头低地倾斜，如浪中这船。我老以为孙悟空就是由这块石头跳出去的！

到磨墨的时候，它会由桌子这一端滚到那一端，而且响如快跑的马车。我每晚十时必就寝，而对门书屋的主人要办事办到天亮。从十时到天亮，他至少研十次墨，一次比一次响——到夜最静的时候，大概连南岸都感到一点震动。从我到白象街起，我没做过一个好梦，刚一入梦，砚台来了一阵雷雨，梦为之断。在夏天，砚一响，我就起来拿臭虫。冬天可就不好办，只好咳嗽几声，使之闻之。

现在，我已交作家书屋一本书，等得到出版，我必定破费几十元，送给书屋主人一块平底的，不出声的砚台！

何容先生的戒烟

首先要声明：这里所说的是香烟，不是鸦片。

从武汉到重庆，我老同何容先生在一间屋子里，一直到前年八月间。在武汉的时候，我们都吸“大前门”或“使馆”牌；小大“英”似乎都不够味儿。到了重庆，小大“英”似乎变了质，越来越“够”味了，“前门”与“使馆”倒仿佛没了什么意思。慢慢的，“刀”牌与“哈德门”又变成我们的朋友，而与小大“英”，不管是谁的主动吧，好像冷淡得日甚一日。不久，“刀”牌与“哈德门”又与我们发生了意见，差不多要绝交的样子。何容先生就决心戒烟！

在他戒烟之前，我已声明过：“先上吊，后戒烟!”本来吗，“弃妇抛雏”的流亡在外，吃不敢进大三元，喝么也不过是清一色（黄酒贵，只好吃点白干），女友不敢去交，男友一律是穷光蛋，住是二人一室，睡是臭虫满床，再不吸两枝香烟，还活着干吗呢？可是，一看何容先生戒烟，我到底受了感动，既觉自己无勇，又钦佩他的伟大；所以，他在屋里，我几乎不敢动手取烟，以免动摇他的坚决！

何容先生那天睡了十六个钟头，一枝烟没吸！醒来，已是黄昏，他便独自出去。我没敢陪他出去，怕不留神递给他一枝烟，破了戒！掌灯之后，他回来了，满面红光，含着笑的，从口袋中掏出一包土产卷烟来。“你尝尝这个。”他客气地让我，“才一个铜板一枝！有这个，似乎就不必戒烟了！没有必要！”把烟接过来，我没敢说什么，怕伤了他的尊严。面对面的，把烟燃上，我俩细细地欣赏。头一口就惊人，冒的是黄烟，我以为他误把爆竹买来了！听了一会儿，还好，并没有爆炸，就放胆继续地吸。吸了不到四五口，我看见蚊子都争着向外边飞，我很高兴。既吸烟，又驱蚊，太可贵了！再吸几口之后，墙上又发现了臭虫，大概也要搬家，我更高兴了！吸到了半枝，何容先生与我也跑出去了！他低声地说：“看样子，还得戒烟！”

何容先生二次戒烟，有半天之久。当天的下午，他买来了烟斗与烟叶。“几毛钱的烟叶，够吃三四天的，何必一定戒烟呢！”他说。吸了几天的烟斗，他发现了：（一）不便携带；（二）不用力，抽不到；用力，烟油射在舌头上；（三）费洋火；（四）须天天收拾，麻烦！有此四弊，他就戒烟斗，而又吸上香烟了。“始作卷烟者。其无后呼！”他说。

最近二年，何容先生不知戒了多少次烟了，而指头上始终是黄的。

我的几个房东

初到伦敦，经艾温士教授的介绍，住在了离“城”有十多英里的一个人家里。房主人是两位老姑娘。大姑娘有点傻气，腿上常闹湿气，所以身心都不大有用。家务统由妹妹操持，她勤苦诚实，且受过相当的教育。

她们的父亲是开面包房的，死后，把面包房给了儿子，给二女一人一处小房子。她们卖出一所，把钱存在银行生息。其余的一所，就由她们合住。妹妹本可以去作，也真作过，家庭教师。可是因为姐姐需人照管，所以不出去作事，而把楼上的两间屋子租给单身的男人，进些租金。这给妹妹许多工作，她得给大家作早餐晚饭，得上街买东西，得收拾房间，得给大家洗小衣裳，得记账。这些，已足使任何一个女子累得喘不过气来。可是她于这些工作外，还得答复朋友的信，读一两段圣经，和作些针线。

她这种勤苦忠诚，倒还不是我所佩服的。我真佩服她那点独立的精神。她的哥开着面包房，到圣诞节才送给妹妹一块大鸡蛋糕！她决不去求他的帮助，就是对那一块大鸡蛋糕，她也马上还礼，送给她哥一点有用的小物件。当我快回国时去看她，她的背已很弯，发也有些白的了。

自然，这种独立的精神是由资本主义的社会制度逼出来的，可是，我到底不能不佩服她。

在她那里住过一冬，我搬到伦敦的西部去。这回是与一个叫艾支顿的合租一层楼。所以事实上我所要说的是这个艾支顿——称他为二房东都勉强一些——而不是真正的房东。我与他一气在那里住了三年。

这个人的父亲是牧师，他自己可不信宗教。当他很年轻的时候，他和一个女子由家中逃出来，在伦敦结了婚，生了三四个小孩。他有相当的聪明，好读书。专就文字方面上说，他会拉丁文，希腊文，德文，法文，程度都不坏。英文，他写得非常的漂亮。他作过一两本讲教育的书，即使内容上不怎样，他的文字之美是公认的事实。我愿意同他住在一处，差不多是为学些地道好英文。在大战时，他去投军。因为心脏弱，报不上名。他硬挤了进去。见到了军官，凭他的谈吐与学识，自然不会被叉去帐外。一来二去，他升到中校，差不多等于中国的旅长了。

战后，他拿了一笔不小的遣散费，回到伦敦，重整旧业，他又去教书。为充实学识，还到过维也纳听弗洛衣德的心理学。后来就在牛津的补习学校教书。这个学校是为工人们预备的，仿佛有点像国内的暑期学校，不过目的不在补习升学的功课。作这种学校的教员，自然没有什么地位，可是实利上并不坏：一年只作半年的事，薪水也并不很低。这个，大概是他的黄金“时代”。以身份言，中校；以学识言，有著作；以生活言，有个清闲舒服的事情。

也正是在这个时候，他和一位美国女子发生了恋爱。她出自名家，有硕士的学位。来伦敦游玩，遇上了他。她的学识正好补足他的，她是学经济的；他在补习学校演讲关于经济的问题，她就给他预备稿子。

他的夫人告了。离婚案刚一提到法厅，补习学校便免了他的职。这种案子在牛津与剑桥还是闹不得的！离婚案成立，他得到自由，但须按月供给夫人一些钱。

在我遇到他的时候，他正极狼狈。自己没有事，除了夫妇的花销，还得供给原配。幸而硕士找到了事，两份儿家都由她支持着。他空有学问，找不到事。可是两家的感情渐渐的改善，两位夫人见了面，他每月给第一位夫人送钱也是亲自去，他的女儿也肯来找他。这个，可救不了穷。穷，他还很会花钱。作过几年军官，他挥霍惯了。钱一到他手里便不会老实。他爱买书，爱吸好烟，有时候还得喝一盅。我在东方学院见了他，他到那里学华语；不知他怎么弄到手里几镑钱。便出了这个主意。见到我，他说彼此交换知识，我多教他些中文，他教我些英文，岂不甚好？为学习的方便，顶好是住在一处，假若我出房钱，他就供给我饭食。我点了头，他便找了房。

艾支顿夫人真可怜。她早晨起来，便得作好早饭。吃完，她急忙去作工，拼命的追公共汽车；永远不等车站稳就跳上去，有时把腿碰得紫里蒿青。五点下工，又得给我们作晚饭。她的烹调本事不算高明，我俩一有点不爱吃的表示，她便立刻泪在眼眶里转。有时候，艾支顿卖了一本旧书或一张画，手中摸着点钱，笑着请我们出去吃一顿。有时候我看她太疲乏了，就请他俩吃顿中国饭。在这种时节，她喜欢得像小孩子似的。

他的朋友多数和他的情形差不多。我还记得几位：有一位是个年轻的工人，谈吐很好，可是时常失业，一点也不是他的错儿，怎奈工厂时开时闭。他自然的是个社会主义者，每逢来看艾支顿，他俩便粗着脖子红着脸的争辩。艾支顿也很有口才，不过与其说他是为政治主张而争辩，还不如说是为争辩而争辩。还有一位小老头也常来，他顶可爱。德文，意大利文，西班牙文，他都能读能写能讲，但是找不到事作；闲着没事，他只为一家磁砖厂吆喝买卖，拿一点扣头。另一位老者，常上我们这一带来给人家擦玻璃，也是我们的朋友。这个老头是位博士。赶上我们在家，他便一边擦着玻璃，一边和我们讨论文学与哲学。孔子的哲学，泰戈尔的诗，他都读过，不用说西方的作家了。

只提这么三位吧，在他们的身上使我感到工商资本主义的社会的崩溃与罪恶。他们都有知识，有能力，可是被那个社会制度捆住了手，使他们抓不到面包。成千论万的人是这样，而且有远不及他们三个的！找个事情真比登天还难！

艾支顿一直闲了三年。我们那层楼的租约是三年为限。住满了，房东要加租，我们就分离开，因为再找那样便宜，和恰好够三个人住的房子，是大不容易的。虽然不在一块儿住了，可是还时常见面。艾支顿只要手里有够看电影的钱，便立刻打电话请我去看电影。即使一个礼拜，他的手中彻底的空空如也，他也会约我到家里去吃一顿饭。自然，我去的时候也老给他们买些东西。这一点上，他不像普通的英国人，他好请朋友，也很坦然的接受朋友的约请与馈赠。有许多地方，他都带出点浪漫劲儿，但他到底是个英国人，不能完全放弃绅士的气派。

直到我回国的时际，他才找到了事——在一家大书局里作顾问，荐举大陆上与美国的书籍，经书局核准，他再找人去翻译或——若是美国的书——出英国版。我离开英国后，听说他已被那个书局聘为编辑员。

离开他们夫妇，我住了半年的公寓，不便细说；房东与房客除了交租金时见一面，没有一点别的关系。在公寓里，晚饭得出去吃，既费钱，又麻烦，所以我又去找房间。这回是在伦敦南部找到一间房子，房东是老夫妇，带着个女儿。

这个老头儿——达尔曼先生——是干什么的，至今我还不清楚。一来我只在那儿住了半年，二来英国人不喜欢谈私事，三来达尔曼先生不爱说话，所以我始终没得机会打听。偶尔由老夫妇谈话中听到一两句，仿佛他是木器行的，专给人家设计作家具。他身边常带着尺。但是我不敢说肯定的话。

半年的工夫，我听熟了他三段话——他不大爱说话，但是一高兴就离不开这三段，像留声机片似的，永远不改。第一段是贵族巴来，由非洲弄来的钻石，一小铁筒一小铁筒的！每一块上都有个记号！第二段是他作过两次陪审员，非常的光荣！第三段是大战时，一个伤兵没能给一个军官行礼，被军官打了一拳。及至看明了那是个伤兵，军官跑得比兔子还快；不然的话，非教街上的给打死不可！

除了这三段而外，假若他还有什么说的，便是重述《晨报》上的消息与意见。凡是《晨报》所说的都对！

这个老头儿是地道英国的小市民，有房，有点积蓄，勤苦，干净，什么也不知道，只晓得自己的工作是神圣的，英国人是世界上最好的人。

达尔曼太太是女性的达尔曼先生，她的意见不但得自《晨报》，而且是由达尔曼先生口中念出的那几段《晨报》，她没工夫自己去看报。

达尔曼姑娘只看《晨报》上的广告。有一回，或者是因为看我老拿着本书，她向我借一本小说。随手的我给了她一本威尔思的幽默故事。念了一段，她的脸都气紫了！我赶紧出去在报摊上给她找了本六个便士的罗曼司，内容大概是一个女招待嫁了个男招待，后来才发现这个男招待是位伯爵的承继人。这本小书使她对我又有了笑脸。

她没事作，所以在分类广告上登了一小段广告——教授跳舞。她的技术如何，我不晓得，不过她声明愿减收半费教给我的时候，我没出声。把知识变成金钱，是她，和一切小市民的格言。

她有点苦闷，没有男朋友约她出去玩耍，往往吃完晚饭便假装头疼，跑到楼上去睡觉。婚姻问题在那经济不景气的国度里，真是个没法办的问题。我看她恐怕要窝在家里！“房东太太的女儿”往往成为留学生的夫人，这是留什么外史一类小说的好材料；其实，里面的意义并不止是留学生的荒唐呀。

宗月大师

在我小的时候，我因家贫而身体很弱。我九岁才入学。因家贫体弱，母亲有时候想教我去上学，又怕我受人家的欺侮，更因交不上学费，所以一直到九岁我还不识一个字。说不定，我会一辈子也得不到读书的机会。因为母亲虽然知道读书的重要，可是每月间三四吊钱的学费，实在让她为难。母亲是最喜脸面的人。她迟疑不决，光阴又不等待着任何人，荒来荒去，我也许就长到十多岁了。一个十多岁的贫而不识字的孩子，很自然的去作个小买卖——弄个小筐，卖些花生、煮豌豆、或樱桃什么的。要不然就是去学徒。母亲很爱我，但是假若我能去作学徒，或提篮沿街卖樱桃而每天赚几百钱，她或者就不会坚决的反对。穷困比爱心更有力量。

有一天刘大叔偶然的来了。我说“偶然的”，因为他不常来看我们。他是个极富的人，尽管他心中并无贫富之别，可是他的财富使他终日不得闲，几乎没有工夫来看穷朋友。一进门，他看见了我。“孩子几岁了？上学没有？”他问我的母亲。他的声音是那么洪亮（在酒后，他常以学喊俞振庭的《金钱豹》自傲），他的衣服是那么华丽，他的眼是那么亮，他的脸和手是那么白嫩肥胖，使我感到我大概是犯了什么罪。我们的小屋，破桌凳，土炕，几乎禁不住他的声音的震动。等我母亲回答完，刘大叔马上决定：“明天早上我来，带他上学，学钱、书籍，大姐你都不必管！”我的心跳起多高，谁知道上学是怎么一回事呢！

第二天，我像一条不体面的小狗似的，随着这位阔人去入学。学校是一家改良私塾，在离我的家有半里多地的一座道士庙里。庙不甚大，而充满了各种气味：一进山门先有一股大烟味，紧跟着便是糖精味（有一家熬制糖球糖块的作坊），再往里，是厕所味，与别的臭味。学校是在大殿里。大殿两旁的小屋住着道士，和道士的家眷。大殿里很黑、很冷。神像都用黄布挡着，供桌上摆着孔圣人的牌位。学生都面朝西坐着，一共有三十来人。西墙上有一块黑板——这是“改良”私塾。老师姓李，一位极死板而极有爱心的中年人。刘大叔和李老师“嚷”了一顿，而后教我拜圣人及老师。老师给了我一本《地球韵言》和一本《三字经》。我于是，就变成了学生。

自从作了学生以后，我时常的到刘大叔的家中去。他的宅子有两个大院子，院中几十间房屋都是出廊的。院后，还有一座相当大的花园。宅子的左右前后全是他的房屋，若是把那些房子齐齐的排起来，可以占半条大街。此外，他还有几处铺店。每逢我去，他必招呼我吃饭，或给我一些我没有看见过的点心。他绝不以我为一个苦孩子而冷淡我，他是阔大爷，但是他不以富傲人。

在我由私塾转入公立学校去的时候，刘大叔又来帮忙。这时候，他的财产已大半出了手。他是阔大爷，他只懂得花钱，而不知道计算。人们吃他，他甘心教他们吃；人们骗他，他付之一笑。他的财产有一部分是卖掉的，也有一部分是被人骗了去的。他不管；他的笑声照旧是洪亮的。

到我在中学毕业的时候，他已一贫如洗，什么财产也没有了，只剩了那个后花园。不过，在这个时候，假若他肯用用心思，去调整他的产业，他还能有办法教自己丰衣足食，因为他的好多财产是被人家骗了去的。可是，他不肯去请律师。贫与富在他心中是完全一样的。假若在这时候，他要是不再随便花钱，他至少可以保住那座花园，和城外的地产。可是，他好善。尽管他自己的儿女受着饥寒，尽管他自己受尽折磨，他还是去办贫儿学校，粥厂，等等慈善事业。他忘了自己。就是在这个时候，我和他过往的最密。他办贫儿学校，我去作义务教师。他施舍粮米，我去帮忙调查及散放。在我的心里，我很明白：放粮放钱不过只是延长贫民的受苦难的日期，而不足以阻拦住死亡。但是，看刘大叔那么热心，那么真诚，我就顾不得和他辩论，而只好也出点力了。即使我和他辩论，我也不会得胜，人情是往往能战败理智的。

在我出国以前，刘大叔的儿子死了。而后，他的花园也出了手。他入庙为僧，夫人与小姐入庵为尼。由他的性格来说，他似乎势必走入避世学禅的一途。但是由他的生活习惯上来说，大家总以为他不过能念念经，布施布施僧道而已，而绝对不会受戒出家。他居然出了家。在以前，他吃的是山珍海味，穿的是绫罗绸缎。他也嫖也赌。现在，他每日一餐，入秋还穿着件夏布道袍。这样苦修，他的脸上还是红红的，笑声还是洪亮的。对佛学，他有多么深的认识，我不敢说。我却真知道他是个好和尚，他知道一点便去作一点，能作一点便作一点。他的学问也许不高，但是他所知道的都能见诸实行。

出家以后，他不久就作了一座大寺的方丈。可是没有好久就被驱除出来。他是要作真和尚，所以他不惜变卖庙产去救济苦人。庙里不要这种方丈。一般的说，方丈的责任是要扩充庙产，而不是救苦救难的。离开大寺，他到一座没有任何产业的庙里作方丈。他自己既没有钱，他还须天天为僧众们找到斋吃。同时，他还举办粥厂等等慈善事业。他穷，他忙，他每日只进一顿简单的素餐，可是他的笑声还是那么洪亮。他的庙里不应佛事，赶到有人来请，他便领着僧众给人家去唪真经，不要报酬。他整天不在庙里，但是他并没忘了修持；他持戒越来越严，对经义也深有所获。他白天在各处筹钱办事，晚间在小室里作工夫。谁见到这位破和尚也不曾想到他曾是个在金子里长起来的阔大爷。

去年，有一天他正给一位圆寂了的和尚念经，他忽然闭上了眼，就坐化了。火葬后，人们在他的身上发现许多舍利。

没有他，我也许一辈子也不会入学读书。没有他，我也许永远想不起帮助别人有什么乐趣与意义。他是不是真的成了佛？我不知道。但是，我的确相信他的居心与言行是与佛相近似的。我在精神上物质上都受过他的好处，现在我的确愿意他真的成了佛，并且盼望他以佛心引领我向善，正像在三十五年前，他拉着我去入私塾那样！

他是宗月大师。

敬悼许地山先生

地山是我的最好的朋友。以他的对种种学问好知喜问的态度，以他的对生活各方面感到的趣味，以他的对朋友的提携辅导的热诚，以他的对金钱利益的淡薄，他绝不像个短寿的人。每逢当我看见他的笑脸，握住他的柔软而戴着一个翡翠戒指的手，或听到他滔滔不断的讲说学问或故事的时候，我总会感到他必能活到八九十岁，而且相信若活到八九十岁，他必定还能像年轻的时候那样有说有笑，还能那样说干什么就干什么，永不驳回朋友的要求，或给朋友一点难堪。

地山竟自会死了——才将快到五十的边儿上吧。

他是我的好友。可是，我对于他的身世知道的并不十分详细。不错，他确是告诉过我许多关于他自己的事情；可是，大部分都被我忘掉了。一来是我的记性不好；二来是当我初次看见他的时候，我就觉得“这是个朋友”，不必细问他什么；即使他原来是个强盗，我也只看他可爱；我只知道面前是个可爱的人，就是一点也不晓得他的历史，也没有任何关系！况且，我还深信他会活到八九十岁呢。让他讲那些有趣的故事吧，让他说些对种种学术的心得与研究方法吧；至于他自己的历史，忙什么呢？等他老年的时候再说给我听，也还不迟啊！

可是，他已经死了！

我知道他是福建人。他的父亲作过台湾的知府——说不定他就生在台湾。他有一位舅父，是个很有才而后来作了不十分规矩的和尚的。由这位舅父，他大概自幼就接近了佛说，读过不少的佛经。还许因为这位舅父的关系，他曾在仰光一带住过，给了他不少后来写小说的资料。他的妻早已死去，留下一个小女孩。他手上的翡翠戒指就是为纪念他的亡妻的。从英国回到北平，他续了弦。这位太太姓周，我曾在北平和青岛见到过。

以上这一点：事实恐怕还有说得不十分正确的地

方，我的记性实在太坏了！记得我到牛津去访他的时候，他告诉了我为什么老戴着那个翡翠戒指；同时，他说了许许多多关于他的舅父的事。是的，清清楚楚的我记得他由述说这位舅父而谈到禅宗的长短，因为他老人家便是禅宗的和尚。可是，除了这一点，我把好些极有趣的事全忘得一干二净；后悔没把它们都笔记下来！

我认识地山，是在二十年前了。那时候，我的工作不多，所以常到一个教会去帮忙，作些“社会服务”的事情。地山不但常到那里去，而且有时候住在那里，因此我认识了他。我呢，只是个中学毕业生，什么学识也没有。可是地山在那时候已经在燕大毕业而留校教书，大家都说他是个很有学问的青年。初一认识他，我几乎不敢希望能与他为友，他是有学问的人哪！可是，他有学问而没有架子，他爱说笑话，村的雅的都有；他同我去吃八个铜板十只的水饺，一边吃一边说，不一定说什么，但总说得有趣。我不再怕他了。虽然不晓得他有多大的学问，可是的确知道他是个极天真可爱的人了。一来二去，我试着步去问他一些书本上的事；我生怕他不肯告诉我，因为我知道有些学者是有这样脾气的：他可以和你交往，不管你是怎样的人；但是一提到学问，他就不肯开口了；不是他不肯把学问白白送给人，便是不屑于与一个没学问的人谈学问——他的神态表示出来，跟你来往已是降格相从，至于学问之事，哈哈……但是，地山绝对不是这样的人。他愿意把他所知道的告诉人，正如同他愿给人讲故事。他不因为我向他请教而轻视我，而且也并不板起面孔表示他有学问。和谈笑话似的，他知道什么便告诉我什么，没有矜持，没有厌倦，教我佩服他的学识，而仍认他为好友。学问并没有毁坏了他的为人，像那些气焰千丈的“学者”那样，他对我如此，对别人也如此；在认识他的人中，我没有听到过背地里指摘他，说他不够个朋友的。

不错，朋友们也有时候背地里讲究他；谁能没有些毛病呢。可是，地山的毛病只使朋友们又气又笑的那一种，绝无损于他的人格。他不爱写信。你给他十封信，他也未见得答复一次；偶而回答你一封，也只是几个奇形怪状的字，写在一张随手拾来的破纸上。我管他的字叫作鸡爪体，真是难看。这也许是他不愿写信的原因之一吧？另一毛病是不守时刻。口头的或书面的通知，何时开会或何时集齐，对他绝不发生作用。只要他在图书馆中坐下，或和友人谈起来，就不用再希望他还能看看钟表。所以，你设若不亲自拉他去赴会就约，那就是你的过错；他是永远不记着时刻的。

一九二四年初秋，我到了伦敦，地山已先我数日来到。他是在美国得了硕士学位，再到牛津继续研究他的比较宗教学的；还未开学，所以先在伦敦住几天，我和他住在了一处。他正用一本中国小商店里用的粗纸账本写小说，那时节，我对文艺还没有发生什么兴趣，所以就没大注意他写的是哪一篇。几天的工夫，他带着我到城里城外玩耍，把伦敦看了一个大概。地山喜欢历史，对宗教有多年的研究，对古生物学有浓厚的兴趣。由他领着逛伦敦，是多么有趣、有益的事呢！同时，他绝对不是“月亮也是外国的好”的那种留学生。说真的，他有时候过火的厌恶外国人。因为要批判英国人，他甚至于连英国人有礼貌，守秩序，和什么喝汤不准出响声，都看成愚蠢可笑的事。因此，我一到伦敦，就借着他的眼睛看到那古城的许多宝物，也看到它那阴暗的一方面，而不至胡胡涂涂的断定伦敦的月亮比北平的好了。

不久，他到牛津去入学。暑假寒假中，他必到伦敦来玩几天。“玩”这个字，在这里，用得很妥当，又不很妥当。当他遇到朋友的时候，他就忘了自己：朋友们说怎样，他总不驳回。去到东伦敦买黄花木耳，大家作些中国饭吃？好！去逛动物园？好！玩扑克牌？好！他似乎永远没有忧郁，永远不会说“不”。不过，最好还是请他闲扯。据我所知道的，除各种宗教的研究而外，他还研究人学、民俗学、文学、考古学；他认识古代钱币，能鉴别古画，学过梵文与巴利文。请他闲扯，他就能——举个例说——由男女恋爱扯到中古的禁欲主义，再扯到原始时代的男女关系。他的故事多书本上的佐证也丰富。他的话一会儿低降到贩夫走卒的俗野，一会儿高飞到学者的深刻高明。他谈一整天并不倦容，大家听一天也不感疲倦。

不过，你不要让他独自溜出去。他独自出去，不是到博物院，必是入图书馆。一进去，他就忘了出来。有一次，在上午八九点钟，我在东方学院的图书馆楼上发现了他。到吃午饭的时候，我去唤他，他不动。一直到下午五点，他才出来，还是因为图书馆已到关门的时间的原故。找到了我，他不住的喊“饿”，是啊，他已饿了十点钟。在这种时节，“玩”字是用不得的。

牛津不承认他的美国的硕士学位，所以他须花二年的时光再考硕士。他的论文是法华经的介绍，在预备这本论文的时候，他还写了一篇相当长的文章，在世界基督教大会（？）上去宣读。这篇文章的内容是介绍道教。在一般的浮浅传教师心里，中国的佛教与道教不过是与非洲黑人或美洲红人所信的原始宗教差不多。地山这篇文章使他们闻所未闻，而且得到不少宗教学学者的称赞。

他得到牛津的硕士。假若他能继续住二年，他必能得到文学博士——最荣誉的学位。论文是不成问题的，他能于很短的期间预备好。但是，他必须再住二年；校规如此，不能变更。他没有住下去的钱，朋友们也不能帮助他。他只好以硕士为满意，而离开英国。

在他离英以前，我已试写小说。我没有一点自信心，而他又没工夫替我看看。我只能抓着机会给他朗读一两段。听过了几段，他说“可以，往下写吧！”这，增多了我的勇气。他的文艺意见，在那时候，仿佛是偏重于风格与情调；他自己的作品都多少有些传奇的气息，他所喜爱的作品也差不多都是浪漫派的。他的家世，他的在南洋的经验，他的旧文学的修养，他的喜研究学问而又不忍放弃文艺的态度，和他自己的生活方式，我想，大概都使他倾向着浪漫主义。

单说：他的生活方式吧。我不相信他有什么宗教的信仰，虽然他对宗教有深刻的研究，可是，我也不敢说宗教对他完全没有影响。他的言谈举止都像个诗人。假若把“诗人”按照世俗的解释从他的生活中发展起来，他就应当有很古怪奇特的行动与行为。但是，他并没作过什么怪事。他明明知道某某人对他不起，或是知道某某人的毛病，他仍然是一团和气，以朋友相待。他不会发脾气。在他的嘴里，有时候是乱扯一阵，可是他的私生活是很严肃的，他既是诗人，又是“俗”人。为了读书，他可以忘了吃饭。但一讲到吃饭，他却又不惜花钱。他并不孤高自赏。对于衣食住行他都有自己的主张，可是假若别人喜欢，他也不便固执己见。他能过很苦的日子。在我初认识他的几年中，他的饭食与衣服都是极简单朴俭。他结婚后，我到北平去看他，他的住屋衣服都相当讲究了。也许是为了家庭间的和美，他不便于坚持己见吧。虽然由破夏布褂子换为整齐的绫罗大衫，他的脱口而出的笑话与戏谑还完全是他，一点也没改。穿什么，吃什么，他仿佛都能随遇而安，无所不可。在这里和在其他的好多地方，他似乎受佛教的影响较基督教的为多，虽然他是在神学系毕业，而且也常去作礼拜。他像个禅宗的居士，而绝不能成为一个清教徒。

不但亲戚朋友能影响他，就是不相识而偶然接触的人也能临时的左右他。有一次，我在“家”里，他到伦敦城里去干些什么。日落时，他回来了，进门便笑，而且不住的摸他的刚刚刮过的脸。我莫名其妙。他又笑了一阵。“教理发匠挣去两镑多！”我吃了一惊。那时候，在伦敦理发普通是八个便士，理发带刮脸也不过是一个先令，“怎能花两镑多呢？”原来是理发匠问他什么，他便答应什么，于是用香油香水洗了头，电气刮了脸，还不得用两镑多么？他绝想不起那样打扮自己，但是理发匠的钱罐是不能驳回的！

自从他到香港大学任事，我们没有会过面，也没有通过信；我知道他不喜欢写信，所以也就不写给他。抗战后，为了香港“文协”分会的事，我不能不写信给他了，仍然没有回信。可是，我准知道，信虽没来，事情可是必定办了。果然，从分会的报告和友人的函件中，我晓得了他是极热心会务的一员。我不能希望他按时回答我的信，可是我深信他必对分会卖力气，他是个极随便而又极不随便的人，我知道。

我自己没有学问，不能妥切的道出地山在学术上的成就何如。我只知道，他极用功，读书很多，这就值得钦佩，值得效法。对文艺，我没有什么高明的见解，所以不敢批评地山的作品。但是我晓得，他向来没有争过稿费，或恶意的批评过谁。这一点，不但使他能在香港“文协”分会以老大哥的身分德望去推动会务，而且在全国文艺界的团结上也有重大的作用。

是的，地山的死是学术界文艺界的极重大的损失！至于谈到他与我私人的关系，我只有落泪了；他既是我的“师”，又是我的好友！

啊，地山！你记得给我开的那张“佛学入门必读书”的单子吗？你用功，也希望我用功；可是那张单子上的六十几部书，到如今我一部也没有读啊！

你记得给我打电报，叫我到济南车站去接周校长①吗？多么有趣的电报啊！知道我不认识她，所以你教她穿了黑色旗袍，而电文是：“× 日 × 时到站接黑衫女”！当我和妻接到黑衫女的时候，我们都笑得闭不上口啊。朋友，你托友好作一件事，都是那样有风趣啊！啊，昔日的趣事都变成今日的泪源。你怎可以死呢！

不能再往下写了……

---

① 周校长，即许地山的夫人的妹妹。

英国人

据我看，一个人即使承认英国人民有许多好处，大概也不会因为这个而乐意和他们交朋友。自然，一个有金钱与地位的人，走到哪里也会受欢迎；不过，在英国也比在别国多些限制。比如以地位说吧，假如一个作讲师或助教的，要是到了德国或法国，一定会有些人称呼他“教授”。不管是出于诚心吧，还是捧场；反正这是承认教师有相当的地位，是很显然的，在英国，除非他真正是位教授，绝不会有人来招呼他。而且，这位教授假若不是牛津或剑桥的，也就还差点劲儿。贵族也是如此，似乎只有英国国产贵族才能算数儿。

至于一个平常人，尽管在伦敦或其他的地方住上十年八载，也未必能交上一个朋友。是的，我们必须先交代明白，在资本主义的社会里，大家一天到晚为生活而奔忙，实在找不出闲工夫去交朋友；欧西各国都是如此，英国并非例外。不过，即使我们承认这个，可是英国人还有些特别的地方，使他们更难接近。一个法国人见着个生人，能够非常的亲热，越是因为这个生人的法国话讲得不好，他才越愿指导他。英国人呢，他以为天下没有会讲英语的，除了他们自己，他干脆不愿答理一个生人。一个英国人想不到一个生人可以不明白英国的规矩，而是一见到生人说话行动有不对的地方，马上认为这个人是野蛮，不屑于再招呼他。英国的规矩又偏偏是那么多！他不能想象到别人可以没有这些规矩，而另有一套；不，英国的是一切；设若别处没有那么多的雾，那根本不能算作真正的天气！

除了规矩而外，英国人还有好多不许说的事：家中的事，个人的职业与收入，通通不许说，除非彼此是极亲近的人。一个住在英国的客人，第一要学会那套规矩，第二要别乱打听事儿，第三别谈政治，那么，大家只好谈天气了，而天气又是那么不得人心。自然，英国人很有的说，假若他愿意，他可以讲论赛马、足球、养狗、高尔夫球等等；可是咱又许不大晓得这些事儿。结果呢，只好对愣着。对了，还有宗教呢，这也最好不谈。每个英国人有他自己开阔的到天堂之路，乘早儿不用惹麻烦。连书籍最好也不谈，一般的说，英国人的读书能力与兴趣远不及法国人。能念几本书的差不多就得属于中等阶级，自然我们所愿与谈论书籍的至少是这路人。这路人比谁的成见都大，那么与他们闲话书籍也是自找无趣的事。多数的中等人拿读书——自然是指小说了——当作一种自己生活理想的佐证。一个普通的少女，长得有个模样，嫁了个驶汽车的；在结婚之夕才证实了，他原来是个贵族，而且承袭了楼上有鬼的旧宫，专是壁上的挂图就值多少百万！读惯这种书的，当然很难想到别的事儿，与他们谈论书籍和捣乱大概没有甚么分别。中上的人自然有些识见了，可是很难遇到啊。况且有些识见的英国人，根本在英国就不大被人看得起；他们连拜伦、雪莱、和王尔德还都逐出国外去，我们想跟这样人交朋友——即使有机会——无疑的也会被看作成怪物的。

我真想不出，彼此不能交谈，怎能成为朋友。自然，也许有人说：不常交谈，那么遇到有事需要彼此的帮忙，便丁对丁，卯对卯的去办好了；彼此有了这样干脆了当的交涉与接触，也能成为朋友，不是吗？是的，求人帮助是必不可免的事，就是在英国也是如是；不过英国人的脾气还是以能不求人为最好。他们的脾气即是这样，他们不求你，你也就不好意思求他了。多数的英国人愿当鲁滨孙，万事不求人。于是他们对别人也就不愿多伸手管事。况且，他们即使愿意帮忙你，他们是那样的沉默简单，事情是给你办了，可是交情仍然谈不到。当一个英国人答应了你办一件事，他必定给你办到。可是，跟他上火车一样，非到车已要开了，他不露面。你别去催他，他有他的稳当劲儿。等办完了事，他还是不理你，直等到你去谢谢他，他才微笑一笑。到底还是交不上朋友，无论你怎样上前巴结。假若你一个劲儿奉承他或讨他的好，他也许告诉你："请少来吧，我忙！"这自然不是说，英国就没有一个和气的人。不，绝不是。一个和气的英国人可以说是最有礼貌，最有心路，最体面的人。不过，他的好处只能使你钦佩他，他有好些地方使人不便和他套交情。他的礼貌与体面是一种武器，使人不敢离他太近了。就是顶和气的英国人，也比别人端庄的多；他不喜欢法国式的亲热——你可以看见两个法国男人互吻，可是很少见一个英国人把手放在另一个英国人的肩上，或搂着脖儿。两个很要好的女友在一块儿吃饭，设若有一个因为点儿原故而想把自己的菜让给友人一点，你必会听到那个女友说：“这不是羞辱我吗？”男人就根本不办这样的傻事。是呀，男人对于让酒让烟是极普遍的事，可是只限于烟酒，他们不会肥马轻裘与友共之。

这样讲，好像英国人太别扭了。别扭，不错：可是他们也有好处。你可以永远不与他们交朋友，但你不能不佩服他们。事情都是两面的。英国人不愿轻易替别人出力，他可也不来讨厌你呀。他的确非常高傲，可是你要是也沉住了气，他便要佩服你。一般的说，英国人很正直。他们并不因为自傲而蛮不讲理。对于一个英国人，你要先估量估量他的身分，再看看你自己的价值，他要是像块石头，你顶好像块大理石；硬碰硬，而你比他更硬。他会承认他的弱点。他能够很体谅人，很大方，但是他不愿露出来；你对他也顶好这样。设若你准知道他要向灯，你就顶好也先向灯，他自然会向火；他喜欢表示自己有独立的意见。他的意见可老是意见，假若你说得有理，到办事的时候他会牺牲自己的意见，而应怎么办就怎么办。你必须知道，他的态度虽是那么沉默孤高，像有心事的老驴似的，可是他心中很能幽默一气。他不轻易向人表示亲热，可也不轻易生气，到他说不过你的时候，他会以一笑了之。这点幽默劲儿使英国人几乎成为可爱的了。他没火气，他不吹牛，虽然他很自傲自尊。

所以，假若英国人成不了你的朋友，他们可是很好相处。他们该办什么就办什么，不必你去套交情；他们不因私交而改变作事该有的态度。他们的自傲使他们对人冷淡，可是也使他们自重。他们的正直使他们对人不客气，可也使他们对事认真。你不能拿他当作吃喝不分的朋友，可是一定能拿他当个很好的公民或办事人。就是他的幽默也不低级讨厌，幽默助成他作个贞脱儿曼，不是弄鬼脸逗笑。他并不老实，可是他大方。

他们不爱着急，所以也不好讲理想。胖子不是一口吃起来的，乌托邦也不是一步就走到的。往坏了说，他们只顾眼前；往好里说，他们不乌烟瘴气。他们不爱听世界大同，四海兄弟，或那顶大顶大的计划。他们愿一步一步慢慢的走，走到哪里算哪里。成功呢，好；失败呢，再干。英国兵不怕打败仗。英国的一切都好像是在那儿敷衍呢，可是他们在各种事业上并不是不求进步。这种骑马找马的办法常常使人以为他们是狡猾，或守旧；狡猾容或有之，守旧也是真的，可是英国人不在乎，他有他的主意。他深信常识是最可宝贵的，慢慢走着瞧吧。萧伯纳可以把他们骂得狗血喷头，可是他们会说："他是爱尔兰的呀！"他们会随着萧伯纳笑他们自己，但他们到底是他们——萧伯纳连一点办法也没有！

这些，可只是个简单的，大概的，一点由观察得来的印象。一般的说，也许大致不错；应用到某一种或某一个英国人身上，必定有许多欠妥当的地方。概括的论断总是免不了危险的。

我的母亲

母亲的娘家是北平德胜门外，土城儿外边，通大钟寺的大路上的一个小村里。村里一共有四五家人家，都姓马。大家都种点不十分肥美的地，但是与我同辈的兄弟们，也有当兵的，作木匠的，作泥水匠的，和当巡警的。他们虽然是农家，却养不起牛马，人手不够的时候，妇女便也须下地作活。

对于姥姥家，我只知道上述的一点。外公外婆是什么样子，我就不知道了，因为他们早已去世。至于更远的族系与家史，就更不晓得了；穷人只能顾眼前的衣食，没有功夫谈论什么过去的光荣；“家谱”这字眼，我在幼年就根本没有听说过。

母亲生在农家，所以勤俭诚实，身体也好。这一点事实却极重要，因为假若我没有这样的一位母亲，我以为我恐怕也就要大大的打个折扣了。

母亲出嫁大概是很早，因为我的大姐现在已是六十多岁的老太婆，而我的大外甥女还长我一岁啊。我有三个哥哥，四个姐姐，但能长大成人的，只有大姐，二姐，三姐，三哥与我。我是“老”儿子。生我的时候，母亲已有四十一岁，大姐二姐已都出了阁。

由大姐与二姐所嫁入的家庭来推断，在我生下之前，我的家里，大概还马马虎虎的过得去。那时候定婚讲究门当户对，而大姐丈是作小官的，二姐丈也开过一间酒馆，他们都是相当体面的人。

可是，我，我给家庭带来了不幸：我生下来，母亲晕过去半夜，才睁眼看见她的老儿子——感谢大姐，把我揣在怀中，致未冻死。

一岁半，我把父亲“克”死了。

兄不到十岁，三姐十二三岁，我才一岁半，全仗母亲独力抚养了。父亲的寡姐跟我们一块儿住，她吸鸦片，她喜摸纸牌，她的脾气极坏。为我们的衣食，母亲要给人家洗衣服，缝补或裁缝衣裳。在我的记忆中，她的手终年是鲜红微肿的。白天，她洗衣服，洗一两大绿瓦盆。她作事永远丝毫也不敷衍，就是屠户们送来的黑如铁的布袜，她也给洗得雪白。晚间，她与三姐抱着一盏油灯，还要缝补衣服，一直到半夜。她终年没有休息，可是在忙碌中她还把院子屋中收拾得清清爽爽。桌椅都是旧的，柜门的铜活久已残缺不全，可是她的手老使破桌面上没有尘土，残破的铜活发着光。院中，父亲遗留下的几盆石榴与夹竹桃，永远会得到应有的浇灌与爱护，年年夏天开许多花。

哥哥似乎没有同我玩耍过。有时候，他去读书；有时候，他去学徒；有时候，他也去卖花生或樱桃之类的小东西。母亲含着泪把他送走，不到两天，又含着泪接他回来。我不明白这都是什么事，而只觉得与他很生疏。与母亲相依为命的是我与三姐。因此，她们作事，我老在后面跟着。她们浇花，我也张罗着取水；她们扫地，我就撮土……从这里，我学得了爱花，爱清洁，守秩序。这些习惯至今还被我保存着。

有客人来，无论手中怎么窘，母亲也要设法弄一点东西去款待。舅父与表哥们往往是自己掏钱买酒肉食。这使她脸上羞得飞红，可是殷勤的给他们温酒作面，又给她一些喜悦。遇上亲友家中有喜丧事，母亲必把大褂洗得干干净净，亲自去贺吊——份礼也许只是两吊小钱。到如今为我的好客的习性，还未全改，尽管生活是这么清苦，因为自幼儿看惯了的事情是不易改掉的。

姑母常闹脾气。她单在鸡蛋里找骨头。她是我家中的阎王。直到我入了中学，她才死去，我可是没有看见母亲反抗过。“没受过婆婆的气，还不受大姑子的吗？命当如此！”母亲在非解释一下不足以平服别人的时候，才这样说。是的，命当如此。母亲活到老，穷到老，辛苦到老，全是命当如此。她最会吃亏。给亲友邻居帮忙，她总跑在前面：她会给婴儿洗三——穷朋友们可以因此少花一笔“请姥姥”钱——她会刮痧，她会给孩子们剃头，她会给少妇们绞脸……凡是她能作的，都有求必应。但是吵嘴打架，永远没有她。她宁吃亏，不逗气。当姑母死去的时候，母亲似乎把一世的委屈都哭了出来，一直哭到坟地。不知道哪里来的一位侄子，声称有承继权，母亲便一声不响，教他搬走那些破桌子烂板凳，而且把姑母养的一只肥母鸡也送给他。

可是，母亲并不软弱。父亲死在庚子闹“拳”的那一年。联军入城，挨家搜索财物鸡鸭，我们被搜两次。母亲拉着哥哥与三姐坐在墙根，等着“鬼子”进门，街门是开着的。“鬼子”进门，一刺刀先把老黄狗刺死，而后入室搜索。他们走后，母亲把破衣箱搬起，才发现了我。假若箱子不空，我早就被压死了。皇上跑了，丈夫死了，鬼子来了，满城是血光火焰，可是母亲不怕，她要在刺刀下，饥荒中，保护着儿女。北平有多少变乱啊，有时候兵变了，街市整条的烧起，火团落在我们院中。有时候内战了，城门紧闭，铺店关门，昼夜响着枪炮。这惊恐，这紧张，再加上一家饮食的筹划，儿女安全的顾虑，岂是一个软弱的老寡妇所能受得起的？可是，在这种时候，母亲的心横起来，她不慌不哭，要从无办法中想出办法来。她的泪会往心中落！这点软而硬的个性，也传给了我。我对一切人与事，都取和平的态度，把吃亏看作当然的。但是，在作人上，我有一定的宗旨与基本的法则，什么事都可将就，而不能超过自己画好的界限。我怕见生人，怕办杂事，怕出头露面；但是到了非我去不可的时候，我便不敢不去，正像我的母亲。从私塾到小学，到中学，我经历过起码有二十位教师吧，其中有给我很大影响的，也有毫无影响的，但是我的真正的教师，把性格传给我的，是我的母亲。母亲并不识字，她给我的是生命的教育。

当我在小学毕了业的时候，亲友一致的愿意我去学手艺，好帮助母亲。我晓得我应当去找饭吃，以减轻母亲的勤劳困苦。可是，我也愿意升学。我偷偷的考入了师范学校——制服，饭食，书籍，宿处，都由学校供给。只有这样，我才敢对母亲说升学的话。入学，要交十圆的保证金。这是一笔巨款！母亲作了半个月的难，把这巨款筹到，而后含泪把我送出门去。她不辞劳苦，只要儿子有出息。当我由师范毕业，而被派为小学校校长，母亲与我都一夜不曾合眼。我只说了句："以后，您可以歇一歇了！"她的回答只有一串串的眼泪。我入学之后，三姐结了婚。母亲对儿女是都一样疼爱的，但是假若她也有点偏爱的话，她应当偏爱三姐，因为自父亲死后，家中一切的事情都是母亲和三姐共同撑持的。三姐是母亲的右手。但是母亲知道这右手必须割去，她不能为自己的便利而耽误了女儿的青春。当花轿来到我们的破门外的时候，母亲的手就和冰一样的凉，脸上没有血色——那是阴历四月，天气很暖。大家都怕她晕过去。可是，她挣扎着，咬着嘴唇，手扶着门框，看花轿徐徐的走去。不久，姑母死了。三姐已出嫁，哥哥不在家，我又住学校，家中只剩母亲自己。她还须自晓至晚的操作，可是终日没人和她说一句话。新年到了，正赶上政府倡用阳历，不许过旧年。除夕，我请了两小时的假。由拥挤不堪的街市回到清炉冷灶的家中。母亲笑了。及至听说我还须回校，她愣住了。半天，她才叹出一口气来。到我该走的时候，她递给我一些花生，“去吧，小子！”街上是那么热闹，我却什么也没看见，泪遮迷了我的眼。今天，泪又遮住了我的眼，又想起当日孤独的过那凄惨的除夕的慈母。可是慈母不会再候盼着我了，她已入了土！

儿女的生命是不依顺着父母所设下的轨道一直前进的，所以老人总免不了伤心。我二十三岁，母亲要我结了婚，我不要。我请来三姐给我说情，老母含泪点了头。我爱母亲，但是我给了她最大的打击。时代使我成为逆子。二十七岁，我上了英国。为了自己，我给六十多岁的老母以第二次打击。在她七十大寿的那一天，我还远在异域。那天，据姐姐们后来告诉我，老太太只喝了两口酒，很早的便睡下。她想念她的幼子，而不便说出来。

“七七”抗战后，我由济南逃出来。北平又像庚子那年似的被鬼子占据了，可是母亲日夜惦念的幼子却跑西南来。母亲怎样想念我，我可以想象得到，可是我不能回去。每逢接到家信，我总不敢马上拆看，我怕，怕，怕，怕有那不祥的消息。人，即使活到八九十岁，有母亲便可以多少还有点孩子气。失了慈母便像花插在瓶子里，虽然还有色有香，却失去了根。有母亲的人，心里是安定的。我怕，怕，怕家信中带来不好的消息，告诉我已是失了根的花草。

去年一年，我在家信中找不到关于老母的起居情况。我疑虑，害怕。我想象得到，如有不幸，家中念我流亡孤苦，或不忍相告。母亲的生日是在九月，我在八月半写去祝寿的信，算计着会在寿日之前到达。信中嘱咐千万把寿日的详情写来，使我不再疑虑。十二月二十六日，由文化劳军的大会上回来，我接到家信。我不敢拆读。就寝前，我拆开信，母亲已去世一年了！

生命是母亲给我的。我之能长大成人，是母亲的血汗灌养的。我之能成为一个不十分坏的人，是母亲感化的。我的性格，习惯，是母亲传给的。她一世未曾享过一天福，临死还吃的是粗粮。唉！还说什么呢？心痛！心痛！

文艺副产品

——孩子们的事情

自从去年秋天辞去了教职，就拿写稿子挣碗“粥”吃——“饭”是吃不上的。除了星期天和闹肚子的时候，天天总动动笔，多少不拘，反正得写点儿。于是，家庭里就充满了文艺空气，连小孩们都到时候懂得说：“爸爸写字吧？”文艺产品并没能大量的生产，因为只有我这么一架机器，可是出了几样副产品，说说倒也有趣：

（一）自由故事。须具体的说来：

早九点，我拿起笔来。烟吸过三枝，笔还没落到纸上一回。小济（女，实岁数三岁半）过来检阅，见纸白如旧，就先笑一声，而后说：“爸，怎么没有字呢？”

“待一会儿就有，多多的字！”

“啊！爸，说个故事？”

我不语。

“爸快说呀，爸！”她推我的肘，表示我即使不说，反正肘部动摇也写不了字。

这时候，小乙（男，实岁数一岁半，说话时一字成句，简当而有含蓄）来了，妈妈在后面跟着。

见生力军来到，小济的声势加旺：“快说呀！快说呀！”

我放下笔：“有那么一回呀——”

小乙：“回！”

小济：“你别说，爸说！”

爸：“有那么一回呀，一只大白兔——”

小乙：“兔兔！”

小济：“别——”

小乙撇嘴。

妈：“得，得，得，不哭！兔兔！”

小乙：“兔兔！”泪在眼中一转，不知转到哪里去了。

爸：“对了，有两只大白兔——”

小乙：“泡泡！”

妈：“小济，快，找小盆去！”

爸："等等，小乙，先别撒！"随小济作快步走，床下椅下，分头找小盆，至为紧张，且喊且走，"小盆在哪儿？"只在此屋中，云深不知处，无论如何，找不到小盆。

妈曳小乙疾走如风，入厕，风暴渐息。

归位，小济未忘前事："说呀！"

爸："那什么，有三只大白兔——"等小乙答声，我好想主意。

小乙尿后，颇镇定，把手指放在口中。

妈："不含手指，臭！"

小乙置之不理。

小济："说那个小猪吃糕糕的，爸！"

小乙："糕糕，吃！"他以为是到了吃点心的时候呢。

妈："小猪吃糕糕，小乙不吃。"

爸说了小猪吃糕糕。说完，又拿起笔来。

小济："白兔呢？"

颇成问题！小猪吃糕糕与白兔如何联到一处呢？

门外："给点什么吃啵，太太！"

小济小乙齐声："太太！"

全家摆开队伍，由爸代表，给要饭的送去铜子儿一枚。

故事告一段落。

这种故事无头无尾，变化万端，白兔不定几只，忽然转到小猪吃糕糕，若不是要饭的来解围，故事便当延续下去，谁也不晓得说到哪里去，故定名为“自由故事”。此种故事在有小孩子的家中非常方便好用，作者信口开河，随听者的启示与暗示而跌宕多姿。著者与听者打成一片，无隔膜抵触之处。其体裁既非童话，也非人话，乃一片行云流水，得天然之美，极当提倡。故事里毫无教训，而充分运用着作者与听者的想象，故甚可贵。

（二）新蝌蚪文：

在以前没有小孩的时候，我写坏了稿纸，便扔在字纸篓里。自从小济会拿铅笔，此项废纸乃有出路，统统归她收藏。

我越写不上来，她越闹哄得厉害：逼我说故事，劝我带她上街，要不然就吃一个苹果，“小济一半，爸一半！”我没有办法，只好把刚写上三五句不像话的纸送给她：“看这张大纸，多么白！去，找笔来，你也写字，好不好？”赶上她心顺，她就找来铅笔头儿，搬来小板凳，以椅为桌，开始写字。

她已三岁半，可是一个字不识。我不主张早教孩子们认字。我对于教养小孩，有个偏见——也许是“正”见：六岁以前，不教给他们任何东西；只劳累他们的身体，不劳累脑子。养得脸蛋儿红扑扑的，胳臂腿儿挺有劲，能蹦能闹，便是好孩子。过六岁，该受教育了，但仍不从严督促。他们有聪明，爱读书呢，好；没聪明而不爱读书呢，也好。反正有好身体才能活着，女的去作舞女，男的去拉洋车，大腿生活也就不错，不用着急。

这就可以想象到小济写的是什么字了：用铅笔一按，在格中按了个不小的黑点，然后往上或往下一拉，成个小蝌蚪。一个两个，一行两行，一次能写满半张纸。写完半张，她也照着爸的样子说：“该歇歇了！”于是去找弟弟玩耍，忘了说故事与吃苹果等要求。我就安心写作一会儿。

（三）卡通演义：

因为有书，看惯了，所以孩子们也把书当作玩艺儿。玩别的玩腻了，便念书玩。小乙的办法是把书挡住眼，口中嘟嘟嘟嘟；小济的办法是找图画念，口中唱着：一个小人儿，一个小鸟儿，又一个小人儿……

俩孩子最喜爱的一本是朋友给我寄来的一本英国

卡通册子，通体都是画儿，所以俩孩子争着看。他们看小人儿，大人可受了罪，他们教我给“说”呀。篇篇是讽刺画儿，我怎么“说”呢？急中生智，我顺口答音，见机而作，就景生情，把小人儿全联到一处，成为完整而又变化很多的故事。

说完了，他们不记得，我也不记得；明天看，明天再编新词儿。英国的首相。在我们的故事里，叫作“大鼻子”；麦克唐纳是“大脑袋”，由小乙的建议呢，凡戴眼镜儿的都是“爸”——因为我戴眼镜儿。我们的故事总是很热闹，“大鼻子叼着烟袋锅，大脑袋张着嘴，没有烟袋，大鼻子不给他，大脑袋就生气，爸就来劝，得了，别生气……”

卡通演义比自由故事更有趣，因为照着图来说，总得设法就图造事，不能三只四只白兔的乱说。说的人既须费些思索，故事自然分外的动听，听者也就多加注意。现在，小乙不怕是把这本册子拿倒了，也能指出哪个是英国首相——“鼻！”歪打正着，这也许能帮助训练他们的观察能力；自然，没有这种好处，我们也都不在乎；反正我们的故事很热闹。

（四）改造杂志：

我们既能把卡通给孩子讲通了，那么，什么东西也不难改造了。我们每月固定的看《文学》，《中流》，《青年界》，《宇宙风》，《论语》，《西风》，《谈风》，《方舟》；除了《方舟》是定阅的，其余全是赠阅的。此外，我们还到小书铺里去“翻”各种刊物，看着题目好，就买回来。无论是什么刊物吧，都是先由孩子们看画儿，然后大人们念字。字，有时候把大人憋住，怎念怎念不明白。画，完全没有困难。普式庚的像，罗丹的雕刻，苏联的木刻……我们都能设法讲解明白了。无论什么严重的事，只要有图，一到我们家里便变成笑话。所以我们时常感到应向各刊物的编辑道歉，可是又不便于道歉，因为我们到底是看了，而且给它们另找出一种意义来呀。

（五）新年特刊：

这是我们家中自造的刊物：用铜钉按在墙上，便是壁画；不往墙上钉呢，便是活页的杂志。用不着花印刷费，也不必征求稿件，只须全家把“画来——卖画”的卖年画的包围住，花上两三毛钱，便能五光十色的得到一大堆图画。小乙自己是胖小子，所以也爱胖小子，于是胖小子抱鱼——“富贵有余”——胖小子上树——摇钱树——便算是由他主编，自成一组。小济是主编故事组：“小叭儿狗会擀面”，“小小子坐门墩”，

“探亲相骂”……都由她收藏管理，或贴在她的床前。戏出儿和渔家乐什么的算作爸与妈的，妈担任说明画上的事情，爸担任照着戏出儿整本的唱戏，文武昆乱，生末净旦丑，一概不挡，烦唱哪出就唱哪出。这一批年画儿能教全家有的说，有的看，有的唱，热闹好几个月。地上也是，墙上也是，都彩色鲜明，百读不厌。我们这个特刊是文艺、图画、戏剧、歌唱的综合；是国货艺术与民间艺术的拥护；是大人与小孩的共同恩物。看完这个特刊，再看别的杂志，我们觉得还是我们自家的东西应属第一。

好啦，就说到此处为止吧。

英国人与猫狗

——万物之灵的朋友

英国人爱花草，爱猫狗。由一个中国人看呢，爱花草是理之当然，自要有钱有闲，种些花草几乎可与藏些图书相提并论，都是可以用“雅”字去形容的事。就是无钱无闲的，到了春天也免不掉花几个铜板买上一两小盆蝴蝶花什么的，或者把白菜脑袋塞在土中，到时候也会开上几朵小十字花儿。在诗里，赞美花草的地方要比谀颂美人的地方多得多，而梅兰竹菊等等都有一定的品格，仿佛比人还高洁可爱可敬，有点近乎一种什么神明似的在通俗的文艺里，讲到花神的地方也很不少，爱花的人每每在死后就被花仙迎到天上的植物园去，这点荒唐，荒唐得很可爱。虽然这里还是含着与敬财神就得元宝一样的实利念头，可到底显着另有股子劲儿，和财迷大有不同；我自己就不反对被花娘娘们接到天上去玩玩。

所以，看见英国人的爱花草，我们并不觉得奇怪，反倒是觉得有点惭愧，他们的花是那么多呀！在热闹的买卖街上，自然没有种花草的地方了，可是还能看到卖“花插”的女人，和许多鲜花铺。稍讲究一些的饭铺酒馆自然要摆鲜花了。其他的铺户中也往往摆着一两瓶花，四五十岁的掌柜们在肩下插着一朵玫瑰或虞美人也是常有的事。赶到一走到住宅区，看吧，差不多家家有些花，园地不大，可收拾得怪好，这儿一片郁金香，那儿一片玫瑰，门道上还往往搭着木架，爬着那单片的蔷薇，开满了花，就和图画里似的。越到乡下越好看，草是那么绿，花是那么鲜，空气是那么香，一个中国人也有点惭愧了。五六月间，赶上晴暖的天，到乡下去走走，真是件有造化的事，处处都像公园。

一提到猫狗和其他的牲口，我们便不这么起劲了。中国学生往往给英国朋友送去一束鲜花，惹得他们非常的欢喜。可是，也往往因为讨厌他们的猫狗而招得他们撅了嘴。中国人对于猫狗牛马，一般的说，是以

“人为万物灵”为基础而直呼它们作畜类的。正人君子呢，看见有人爱动物，总不免说声“声色狗马，玩物丧志”。一般的中等人呢，养猫养狗原为捉老鼠与看家，并不须赏它们个好脸儿。那使着牲口的苦人呢，鞭子在手，急了就发威，又困于经济，它们的食水待遇活该得按着哑巴畜生办理，于是大概的说，中国的牲口实在有点倒霉；太监怀中的小巴狗，与阔寡妇椅子上的小白猫，自然是碰巧了的例外。畜类倒霉，已经看惯，所以法律上也没有什么规定；虐待丫头与媳妇本还正大光明，哑巴畜生自然更无处诉委屈去；黑驴告状也并没陈告它自己的事。再说，秦桧与曹操这辈子为人作歹，下辈便投胎猪狗，吃点哑巴亏才正合适。这样，就难怪我们觉得英国人对猫狗爱得有些过火了。说真的，他们确是有点过火，不过，要从猫狗自己看呢，也许就不这么说了吧？狗彘食人食，而有些人却没饭吃，自然也不能算是公平，但是普遍的有一种爱物的仁慈，也或者无碍于礼教吧？

英国人的爱动物，真可以说是普遍的。有人说，这是英国人的海贼本性还没有蜕净，所以总拿狗马当作朋友似的对待。据我看，这点贼性倒怪可爱；至少狗马是可以同情这句话的。无事可作的小姐与老太婆自然要弄条小狗玩玩了——对于这种小狗，无论它长得多么不顺眼，你可就是别说不可爱呀！——就是卖煤的煤黑子，与送牛奶的人，也都非常爱惜他们的马。你想不到拉煤车的马会那么驯顺、体面、干净。煤黑子本人远不如他的马漂亮，他好像是以他的马当作他的光荣。煤车被叫住了，无论是老幼男女，跟煤黑子耍过几句话，差不多总是以这匹马作中心。有的过去拍拍马脖子，有的过去吻一下，有的给拿出根胡萝卜来给它吃。他们看见一匹马就仿佛外婆看见外孙子似的，眼中能笑出一朵花儿来。英国人平常总是拉着长脸，像顶着一脑门子官司，假若你打算看看他们也有个善心，也和蔼可爱，请你注意当他们立在一匹马或拉着条狗的时候。每到春天，这些拉车的马也有比赛的机会。看吧，煤黑子弄了瓶擦铜油，一边走一边擦马身上的铜活呀。马鬃上也挂上彩子或用各色的绳儿梳上辫子，真是体面！这么看重他们的马，当然的在平日是不会给气受的，而且载重也有一定的限度，即便有狠心的人，法律也不许他任意欺侮牲口。想起北平的煤车，当雨天陷在泥中，煤黑子用支车棍往马身上楞，真令人喊“生在礼教之邦的马哟！”

猫在动物里算是最富独立性的了，它高兴呢就来趴在你怀中，啰哩啰嗦的不知道念着什么。它要是不高兴，任凭你说什么，它也不答理。可是，英国人家里的猫并不因此而少受一些优待。早晚他们还是给它鱼吃，牛奶喝，到家主旅行去的时候，还要把它寄放到“托猫所”去，花不少的钱去喂养着；赶到旅行回来，便急忙把猫接回来，乖乖宝贝的叫着。及至老猫不吃饭，或把小猫摔了腿，便找医生去拔牙、接腿，一家子都忙乱着，仿佛有了什么了不得的事。

狗呢，就更不用说，天生来的会讨人喜欢，作走狗，自然会吃好的喝好的。小哈巴狗们，在冬天，得穿上背心；出门时，得抱着；临睡的时候，还得吃块糖。电影院、戏馆，禁止狗们出入，可是这种小狗会“走私”，趴在老太婆的袖里或衣中，便也去看电影听戏，有时候一高兴便叫几声，招得老太婆头上冒汗。大狗虽不这么娇，可也很过得去。脚上偶一不慎粘上一点路上的柏油，便立刻到狗医院去给套上一只小靴子，伤风咳嗽也须吃药，事儿多了去啦。可是，它们也真是可爱，有的会送小儿去上学，有的会给主人叼着东西，有的会要几套玩艺；白天不咬人，晚上可挺厉害。你得听英国人们去说狗的故事，那比人类的历史还热闹有趣。人家、猎户、军队、警察所、牧羊人，都养狗，都爱狗。狗种也真多，大的、小的、宽的、细的、长毛的、短毛的，每种都有一定的尺寸，一定的长度，买来的时候还带着家谱，理直气壮，一点不含糊！那真正入谱的，身价往往值一千镑钱！

年年各处都有赛猫会、赛狗会。参与比赛的猫狗自然必定都有些来历，就是那没资格入会的也都肥胖、精神。这就不能不想起中国的狗了，在北平，在天津，在许多大城市里，去看看那些狗，天下最丑的东西！骨瘦如柴，一天到晚连尾巴也不敢撅起来一回，太可怜了！人还没有饭吃，似乎不必先为狗发愁吧，那么，我只好替它们祷告，下辈子不要再投胎到这儿来了！

简直没有一个英国人不爱马。那些专作赛马用的，不用说了，自然是老有许多人伺候着；就是那平常的马，无论是拉车的，还是耕地的，也都很体面。有一张卡通，记得，画的是“马之将来”：将来的军队有飞机坦克车去冲杀陷阵，马队自然要消灭了；将来的运输与车辆也用不着骡马们去拖拉，于是马怎么办呢？这张卡通——英国人画的——上说，它们就变成了猫狗：客厅里该趴着猫，将来是趴着匹马；老太婆上街该拉着狗，将来便牵着匹骡子。这未必成为事实，可是足见他们是怎样的舍不得骡马了。

除了猫狗骡马，他们对于牛羊鸡猪也都很爱惜，这是要到乡间才可以看见的。有一回到乡间去看了朋友，他的祖父是个农夫，养着许多猪与鸡。老人的鸡都有名字，叫哪个，哪个就跑来。老人最得意的是他的那些肥猪，真是干净可爱。可是，有一天下了雨，肥猪们都下了泥塘，弄得满身是稀泥；把老人差点气坏了。总而言之，他们对牲口们是尽到力量去爱护，即使是为杀了吃肉的，反正在它们活着的时候总不受委屈。中国有许多人提倡吃素禁屠，可是往往寺院里放生的牲口皮包不住骨，别处的畜类就更不必说了。好死不如赖活着，是我们特有的哲学，可也真够残忍的。

对于鱼鸟鸽虫，英国人不如我们会养会玩，养这些玩艺的也就很少。卖猫狗的铺子里不错也卖鹦鹉、小兔、小龟和碧玉鸟什么的，可是养鸟的并不懂教给它们怎样的叫成套数。据说，他们在老年间也斗鸡斗鹌鹑，现在已被禁止，因为太残忍。我们似乎也该把斗蟋蟀什么的禁止了吧？也不是怎么的，我总以为小时候爱斗蟋蟀，长大了也必爱去看枪毙人；没有实地的测验过，此说容或不能成立；再说，还许是一点妇人之仁，根本要不得呢。

何容何许人也

粗枝大叶的我可以把与我年纪相仿佛的好友们分为两类。这样的分类可是与交情的厚薄一点也没关系。第一类是因经济的压迫或别种原因，没有机会充分发展自己的才力，到二十多岁已完全把生活放在挣钱养家，生儿养女等等上面去。他们没工夫读书，也顾不得天下大事，眼睛老钉在自己的忧喜得失上。他们不仅不因此而失去他们的可爱，而且可羡慕，因为除非遇上国难或自己故意作恶，他们总是苦乐相抵，不会遇到什么大不幸。他们不大爱思想，所以喝杯咸菜酒也很高兴。

第二类差不多都是悲剧里的角色。他们有机会读书；同情于，或参加过，革命；知道，或想去知道，天下大事；会思想或自己以为会思想。这群朋友几乎没有一位快活的。他们的生年月日就不对：都生在前清末年，现在都在三十五与四十岁之间。礼义廉耻与孝弟忠信，在他们心中还有很大的分量。同时，他们对于新的事情与道理都明白个几成。以前的作人之道弃之可惜，于是对于父母子女根本不敢作什么试验。对以后的文化建设不愿落在人后，可是别人革命可以发财，而他们革命只落个“忆昔当年……”。他们对于一切负着责任：前五百年，后五百年，全属他们管。可是一切都不管他们，他们是旧时代的弃儿，新时代的伴郎。谁都向他们讨税，他们始终就没有二亩地，这些人们带着满肚子的委屈，而且还得到处扬着头微笑，好像天下与自己都很太平似的。

在这第二类的友人中，有的是徘徊于尽孝呢，还是为自己呢？有的是享受呢，还是对家小负责呢？有的是结婚呢，还是保持个人的自由呢？……花样很多，而其基本音调是一个——徘徊、迟疑、苦闷。他们可是也并不敢就干脆不挣扎，他们的理智给感情画出道儿来，结果呢，还是努力的维持旧局面吧，反正得站一面儿，那么就站在自幼儿习惯下来的那一面好啦。

这可不是偷懒，捡着容易的作，也不是不厌恶旧而坏的势力，而实在需要很大的勉强或是——说得好听一点——牺牲；因为他们打算站在这一面，便无法不舍掉另一面，而这个另一面正自带着许多媚人的诱惑力量。

何容兄是这样朋友中的一位代表。在革命期间，他曾吃过枪弹：幸而是打在腿上，所以现在还能“不”革命的活着。革命吧，不革命吧，他的见解永不落在时代后头。可是在他的行为上，他比提倡尊孔的人还更古朴，这里所指的提倡尊孔者还是那真心想翼道救世的。他没有一点“新”气，更提不到“洋”气。说卫生，他比谁都晓得。但是他的生活最没规律：他能和友人们一谈谈到天亮，他决不肯只陪到夜里两点。可有一点，这得看是什么朋友；他要是看谁不顺眼，连一分钟也不肯空空的花费。他的“古道”使他柔顺像个羊，同时能使他硬如铁。当他硬的时候，不要说巴结人，就是泛泛的敷衍一下也不肯。在他柔顺的时候，他的感情完全受着理智的调动：比如说友人的小孩病得要死，他能昼夜的去给守着，而面上老是微笑，希望他的笑能减少友人一点痛苦；及至友人们都睡了，他才独对着垂死的小儿落泪。反之，对于他以为不是东西的人，他全任感情行事，不管人家多么难堪。他“承认”了谁，谁就是完人；有了错过他也要说而张不开口。他不承认谁，乘早不必讨他的厌去。

怎样能被他“承认”呢？第一个条件是光明磊落。所谓光明磊落就是一个人能把旧礼教中那些舍己从人的地方用在一切行动上。而且用得自然单纯，不为着什么利益与必期的效果。他不反对人家讲恋爱，可是男的非给女的提着小伞与低声下气的连唤“嘀耳”不可，他便受不住了，他以为这位先生缺乏点丈夫气概。他不是不明白在“追求”期间这几乎是照例的公事，可是他遇到这种事儿，便夸大的要说他的话了：“我的老婆给我扛着伞，能把人碰个跟头的大伞！”他，真的，不让何太太扛伞。真的，他也不能给她扛伞。他不佩服打老婆的人，加倍的不佩服打完老婆而出来给她提小伞的人，后者不光明磊落。

光明磊落使他不能低三下四的求爱，使他穷，使他的生活没有规律，使他不能多写文章——非到极满意不肯寄走，改、改、改，结果文章失去自然的风趣。作什么他都出全力，为是对得起人，而成绩未必好。可是他愿费力不讨好，不肯希望“歪打正着”。他不常喝酒，一喝起来他可就认了真，喝酒就是喝酒；醉？

活该！在他思索的时候，他是心细如发。他以为不必思索的事，根本不去思索，譬如喝酒，喝就是了，管它什么。他的心思忽细忽粗，正如其为人忽柔忽硬。他并不是疯子，但是这种矛盾的现象，使他“阔”不起来。对于自己物质的享受，他什么都能将就；对于择业择友，一点也不将就。他用消极的安贫去平衡他所不屑的积极发展。无求于人，他可以冷眼静观宇宙了，所以他幽默。他知道自己矛盾，也看出世事矛盾，他的风凉话是含着这双重的苦味。

是的，他不像别的朋友们那样有种种无法解决的，眼看着越缠越紧而翻不起身的事。以他来比较他们，似乎他还该算个幸运的。可是我拿他作这群朋友的代表。正因为他没有显然的困难，他的悲哀才是大家所必不能避免的，不管你如何设法摆脱。显然的困难是时代已对个人提出清账，一五一十，清清楚楚。他的默默悲哀是时代与个人都微笑不语，看到底谁能再敷衍下去。他要想敷衍呢，他便须和一切妥协：旧东西中的好的坏的，新东西中的好的坏的，一齐等着他给喊好；自要他肯给它们喊好，他就颇有希望成为有出路的人。他不能这么办。同时他也知道毁坏了自己并不是怎样了不得的事，他不因不妥协而变成永不洗脸的名士。革命是有意义的事，可是他已先偏过了。怎办呢？他只交下几个好朋友，大家到一块儿，有的说便说，没的说彼此就愣着也好。他也教书，也编书，月间进上几十块钱就可以过去。他不讲穿，不讲究食住，外表上是平静沉默，心里大概老有些人家看不见的风浪。真喝醉了的时候也会放声的哭，也许是哭自己，也许是哭别人。

他知道自己的毛病，所以不吹腾自己的好处。不过，他不想改他的毛病，因为改了毛病好像就失去些硬劲儿似的。努力自励的人，假若没有脑子，往往比懒一些的更容易自误误人。何容兄不肯拿自己当个猴子耍给人家看。好、坏，何容是何容：他的微笑似乎表示着这个。对好友们，他才肯说他的毛病，像是："起居无时，饮食无节，衣冠不整，礼貌不周，思而不学，好求甚解而不读书……"只有他自己才能说得这么透澈。催他写文章，他不说忙，而是"慢与忙有关系，因优故忙。"因为"作文章像暖房里人工孵鸡，鸡孵出来了，人得病一场！"

他若穿起军服来，很像个营里的书记长。胸与肩够宽，可惜脸上太白了些，不完全像个兵。脸白，可并不美。穿起蓝布大衫，又像个学校里不拿事的庶务员。

面貌与服装都没什么可说，他的态度才是招人爱的地方，老是安安稳稳，不慌不忙，不多说话，但说出来就得让听者想那么一会儿。香烟不离口；酒不常喝，而且喝多了在两天之后才现醉象——这使朋友们视他为“异人”；他自己也许很以此自豪，虽然“晚醉”和“早醉”是一样受罪的。他喜爱北平，大概最大的原因是北平有几位说得来的朋友。

白石夫子千古

齐白石夫子在国内与国际所获得的极高的荣誉，是他生平热爱劳动、勤学苦练，及富于创造精神的结果。中年以前，他是工人，文化程度不很高。中年以后，凭着坚定不拔的毅力，日夜不辍的艰苦学习，他成为能画、能诗、能写和治印的大艺术家。在没有成名的时候，他好学不倦，克服一切困难；成名之后，他并不自满，仍力求精进，要求自己不断地创造。结果，他的画、诗、书法与刻印都独具风格，自成一家。这种精神是我们每个人都该学习的。是的，他年将九十时，为了参加保卫世界和平运动，还养了几只鸽子，精心观察，以便绘画和平鸽。已到九十五的高龄，他还辛勤作画，时得前所未有的精品。只在最近二年，他才不能坚持日课，因为时常生病。

在学习时期，白石夫子并不专师一家，而广为临摹，吸收各家的长处。及至掌握了各种基本技巧，他便力求创造，不再摹拟。以他五十岁的和七十岁的作品比较，简直不像出于一人之手；直到九十岁之后，他还不断有所创造。我们应当学习夫子的下苦工夫把基础打好，然后放胆创造的精神。

近些年来，学习国画的往往偏于因袭古法，不多白振拔。假若这样继续下去，则国画有走入绝径的危险。白石夫子的功绩即在不甘保守，承袭古法而推陈出新，使国画不失其为国画，可是独创了一种新的风格，给国画增添了新的生命力量。所以他成为大师，在绘画史中有他自己的特殊地位。

在他以前，也曾有人尝试改革国画，另辟途径。可是，他们多偏重笔墨趣味，潇洒出尘，不斤斤于形似。这样，他们的作品便只能得到文人雅士的欣赏，不一定为群众所喜。白石夫子非常讲究笔墨，可是笔墨所至，又能形色鲜明，状物传神，雅俗共赏。夫子出身工人，感情与群众一致，所以他的作品变而不幻，新而不怪。他的改革与创辟是健康的。

有一次，我以《芭蕉叶卷抱秋花》为题，求夫子作画。夫子年高，已记不得蕉叶新拔，是向左还是向右卷着。北京又没有多少芭蕉可供观察，于是老人含着笑说：“只好不要卷叶了，不能随便画呀！”是的，夫子作画永远这样严肃，永远要看见真东西，而后独出心裁，设计画稿。他笔下的鱼、虾、草虫，没有一足一须不正确的，不合适的。市上假画甚多，假若我们发现虫或鸟有什么画得不妥当的地方，十之八九就是伪造的。夫子的山水也是先看了名山大川，而后落笔的。

白石夫子是一代大师，可是向来不随便说别人的作品不好。对于学生们，夫子也时时给予热诚的鼓舞。学生们拿来作品，夫子总要题上些字，给以鼓励。白石夫子与我们长辞了，我切盼国画界今后在党的领导下，亲密地团结，使人民所喜爱的传统绘画的确作到百花齐放，日新月异！让我们继承白石夫子的热爱劳动、勤学苦练，与努力创造的精神，把毕生精力献给人民的美术事业吧！

白石夫子千古！

怀　友

虽然家在北平，可是已有十六七年没在北平住过一季以上了。因此，对于北平的文艺界朋友就多不相识。

不喜上海，当然不常去，去了也马上就走开，所以对上海的文艺工作者认识的也很少。

有三次聚会是终生忘不掉的：一次是在北平，杨今甫与沈从文两先生请吃饭，客有两桌，酒是满坛；多么快活的日子啊！今甫先生拳高量雅，喊起来大有威风。从文先生的拳也不弱，杀得我只有招架之功，并无还手之力。那快乐的日子，我被写家们困在酒阵里！最勇敢的是叶公超先生，声高手快，连连挑战。

朱光潜先生拳如其文，结结实实，一字不苟。朱自清先生不慌不忙，和蔼可爱。林徽音女士不动酒，可是很会讲话。几位不吃酒的，谈古道今，亦不寂寞，有罗膺中先生，黎锦明先生，罗莘田先生，魏建功先生……其中，莘田是我自幼的同学，我俩曾对揪小辫打架，也一同逃学去听《施公案》。他的酒量不大，那天也陪了我几杯，多么快乐的日子！这次遇到的朋友，现在大多数是在昆明，每个人都跑了几千里路。他们都最爱北平，而含泪逃出北平；什么京派不京派，他们的气节不比别人低一点呀！那次还有周作人先生，头一回见面，他现在可是还在北平，多么伤心的事！

第二次是在上海，林语堂与邵洵美先生请客，我会到沈有乾、简又文诸先生。第三次是郑振铎先生请吃饭，我遇到茅盾，巴金，黎烈文，徐调孚，叶圣陶诸位先生。这些位写家们，在抗战中，我只会到了三位：简又文、圣陶与茅盾。在上海的，连信也不便多写，在别处的，又去来无定，无从通信。不过，可以放心的，他们都没有逃避，都没有偷闲，由友人们的报告，知道他们都勤苦的操作，比战前更努力。那可纪念的酒宴，等咱们打退了敌人是要再来一次呀！今日，我们不教酒杯碰着手，胜利是须“争”取来的啊！我们须紧握着我们的武器！

在山东住了整七年。在济南，认识了马彦祥与顾绶昌先生。在青岛，和洪深，孟超，王余杞，臧克家，杜宇，刘西蒙，王统照诸先生常在一处，而且还合编过一个暑期的小刊物。洪深先生在春天就离开青岛，孟超与杜宇先生是和我前后脚在七七以后走开的。多么可爱的统照啊，每次他由上海回家——家就在青岛——必和我喝几杯苦露酒。苦露，难道这酒名的不祥遂使我们有这长别离么？不，不是！那每到夏天必来示威的日本舰队——七十几艘，黑乎乎的把前海完全遮住，看不见了那青青的星岛——才是不祥之物呀！日本军阀不被打倒，我们的命都难全，还说什么朋友与苦露酒呢？

朋友们，我常常想念你们！在想念你们的时候，我就也想告诉你们：我在武汉，在重庆，又认识了许多许多文艺界的朋友，都贫苦，可是都快活，因为他们都团结起来，组织了文艺协会，携着手在一处工作。我也得说，他们都时时关切着你们，不但不因为山水相隔而彼此冷淡，反倒是因为隔离而更亲密。到胜利那一天啊，我们必会开一次庆祝大会，山南海北的都来赴会，用酒洗一洗我们的笔，把泪都滴在手背上，当我们握手的时候。那才是我们最快乐的日子啊！胜利不是梦想，快乐来自艰苦，让我们今日受尽了苦处，卖尽了力气，去取得胜利与快乐吧！

所谓春风，似乎应当温柔，轻吻着柳枝，微微吹皱了水面，偷偷的传送花香，同情的轻轻掀起禽鸟的羽毛。

——《春风》

春风

济南与青岛是多么不相同的地方呢！一个设若比作穿肥袖马褂的老先生，那一个便应当是摩登的少女。可是这两处不无相似之点。拿气候说吧，济南的夏天可以热死人，而青岛是有名的避暑所在；冬天，济南也比青岛冷。但是，两地的春秋颇有点相同。济南到春天多风，青岛也是这样；济南的秋天是长而晴美，青岛亦然。

对于秋天，我不知应爱哪里的：济南的秋是在山上，青岛的是海边。济南是抱在小山里的；到了秋天，小山上的草色在黄绿之间，松是绿的，别的树叶差不多都是红与黄的。就是那没树木的山上，也增多了颜色——日影、草色、石层，三者能配合出种种的条纹，种种的影色。配上那光暖的蓝空，我觉到一种舒适安全，只想在山坡上似睡非睡的躺着，躺到永远。青岛的山——虽然怪秀美——不能与海相抗，秋海的波还是春样的绿，可是被清凉的蓝空给开拓出老远，平日看不见的小岛清楚的点在帆外。这远到天边的绿水使我不愿思想而不得不思想；一种无目的的思虑，要思虑而心中反倒空虚了些。济南的秋给我安全之感，青岛的秋引起我甜美的悲哀。我不知应当爱哪个。

两地的春可都被风给吹毁了。所谓春风，似乎应当温柔，轻吻着柳枝，微微吹皱了水面，偷偷的传送花香，同情的轻轻掀起禽鸟的羽毛。济南与青岛的春风都太粗猛。济南的风每每在丁香海棠开花的时候把天刮黄，什么也看不见，连花都埋在黄暗中，青岛的风少一些沙土，可是狡猾，在已很暖的时节忽然来一阵或一天的冷风，把一切都送回冬天去，棉衣不敢脱，花儿不敢开，海边翻着愁浪。

两地的风都有时候整天整夜的刮。春夜的微风送来雁叫，使人似乎多些希望。整夜的大风，门响窗户动，使人不英雄的把头埋在被子里；即使无害，也似乎不应该如此。对于我，特别觉得难堪。我生在北方，听惯了风，可也最怕风。听是听惯了，因为听惯才知道那个难受劲儿。它老使我坐卧不安，心中游游摸摸的，干什么不好，不干什么也不好。它常常打断我的希望：听见风响，我懒得出门，觉得寒冷，心中渺茫。春天仿佛应当有生气，应当有花草，这样的野风几乎是不可原谅的！我倒不是个弱不禁风的人，虽然身体不很足壮。我能受苦，只是受不住风。别种的苦处，多少是在一个地方，多少有个原因，多少可以设法减除；对风是干没办法。总不在一个地方，到处随时使我的脑子晃动，像怒海上的船。它使我说不出为什么苦痛，而且没法子避免。它自由的刮，我死受着苦。我不能和风去讲理或吵架。单单在春天刮这样的风！可是跟谁讲理去呢？苏杭的春天应当没有这不得人心的风吧？我不准知道，而希望如此。好有个地方去“避风”呀！

有了小孩以后

艺术家应以艺术为妻，实际上就是当一辈子光棍儿。在下闲暇无事，往往写些小说，虽一回还没自居过文艺家，却也感觉到家庭的累赘。每逢困于油盐酱醋的灾难中，就想到独人一身，自己吃饱便天下太平，岂不妙哉。

家庭之累，大半由儿女造成。先不用提教养的花费，只就淘气哭闹而言，已足使人心慌意乱。小女三岁，专会等我不在屋中，在我的稿子上画圈拉杠，且美其名曰“小济会写字”！把人要气没了脉，她到底还是有理！再不然，我刚想起一句好的，在脑中盘旋，自信足以愧死莎士比亚，假若能写出来的话。当是时也，小济拉拉我的肘，低声说：“上公园看猴？”于是我至今还未成莎士比亚。小儿一岁整，还不会“写字”，也不晓得去看猴，但善亲亲，闭眼，张口展览上下四个小牙。我若没事，请求他闭眼，露牙，小胖子总会东指西指的打岔。赶到我拿起笔来，他那一套全来了，不但亲脸，闭眼，还“指”令我也得表演这几招。有什么办法呢？！

这还算好的。赶到小济午后不睡，按着也不睡，那才难办。到这么四点来钟吧，她的困闹开始，到五点钟我已没有人味。什么也不对，连公园的猴都变成了臭的，而且猴之所以臭，也应当由我负责。小胖子也有这种困而不睡的时候，大概多数是与小济同时发难。两位小醉鬼一齐找毛病，我就是诸葛亮恐怕也得唱空城计，一点办法没有！在这种干等束手被擒的时候，偏偏会来一两封快信——催稿子！我也只好闹脾气了。不大一会儿，把太太也闹急了，一家大小四口，都成了醉鬼，其热闹至为惊人。大人声言离婚，小孩怎说怎不是，于离婚的争辩中瞎打混。一直到七点后，二位小天使已困得动不的，离婚的宣言才无形的撤销。这还算好的。遇上小胖子出牙，那才真教厉害，不但白天没有情理，夜里还得上夜班。一会儿一醒，若被针扎了似的惊啼，他出牙，谁也不用打算睡。他的牙出利落了，大家全成了红眼虎。

不过，这一点也不妨碍家庭中爱的发展，人生的巧妙似乎就在这里。记得Frank Harris仿佛有过这么点记载：他说王尔德为那件不名誉的案子过堂被审，一开头他侃侃而谈，语多幽默。及至原告提出几个男妓作证人，王尔德没了脉，非失败不可了。Harris以为王尔德必会说："我是个戏剧家，为观察人生，什么样的人都当交往。假若我不和这些人接触，我从哪里去找戏剧中的人物呢？"可是，王尔德竟自没这么答辩，官司就算输了！

把王尔德且放在一边；艺术家得多去经验，Harris的意见，假若不是特为王尔德而发的，的确是不错。连家庭之累也是如此。还拿小孩们说吧——这才来到正题——爱他们吧，嫌他们吧，无论怎说，也是极可宝贵的经验。

在没有小孩的时候，一个人的世界还是未曾发现美洲的时候的。小孩是科仑布，把人带到新大陆去。这个新大陆并不很远，就在熟习的街道上和家里。你看，街市上给我预备的，在没有小孩的时候，似乎只有理发馆，饭铺，书店，邮政局等。我想不出婴儿医院，糖食店，玩具铺等等的意义。连药房里的许许多多婴儿用的药和粉，报纸上婴儿自己药片的广告，百货店里的小袜子小鞋，都显着多此一举，劳而无功。及至小天使自天飞降，我的眼睛似乎戴上了一双放大镜，街市依然那样，跟我有关系的东西可是不知增加了多少倍！婴儿医院不但挂着牌子，敢情里边还有医生呢。不但有医生，还是挺神气，一点也得罪不得。拿着医生所给的神符，到药房去，敢情那些小瓶子小罐都有作用。不但要买瓶子里的白汁黄面和各色的药饼，还得买瓶子罐子，轧粉的钵，量奶的漏斗，乳头，卫生尿布，玩艺多多了！百货店里那些小衣帽，小家具，也都有了意义；原先以为多此一举的东西，如今都成了非它不行；有时候铺中缺乏了我所要的那一件小物品，我还大有看不起他们的意思：既是百货店，怎能不预备这件东西呢?！慢慢的，全街上的铺子，除了金店与古玩铺，都有了我的足迹；连当铺也走得怪熟。铺中人也渐渐熟识了，甚至可以随便闲谈，以小孩为中心，谈得颇有味儿。伙计们，掌柜们，原来不仅是站柜作买卖，家中还有小孩呢！有的铺子，竟自敢允许我欠账，仿佛一有了小孩，我的人格也好了些，能被人信任。三节的账条来得很踊跃，使我明白了过节过年的时候怎样出汗。

小孩使世界扩大，使隐藏着的东西都显露出来。非有小孩不能明白这个。看着别人家的孩子，肥肥胖胖，整整齐齐，你总觉得小孩们理应如此，一生下来就戴着小帽，穿着小袄，好像小雏鸡生下来就披着一身黄绒似的。赶到自己有了小孩，才能晓得事情并不这么简单。一个小娃娃身上穿戴着全世界的工商业所能供给的，给全家人以一切啼笑爱怨的经验，小孩的确是位小活神仙！

有了小活神仙，家里才会热闹。窗台上，我一向认为是摆花的地方。夏天呢，开着窗，风儿轻轻吹动花与叶，屋中一阵阵的清香。冬天呢，阳光射到花上，使全屋中有些颜色与生气。后来，有了小孩，那些花盆很神秘的都不见了，窗台上满是瓶子罐子，数不清有多少。尿布有时候上了写字台，奶瓶倒在书架上。大扫除才有了意义，是的，到时候非痛痛快快的收拾一顿不可了，要不然东西就有把人埋起来的危险。上次大扫除的时候，我由床底下找到了但丁的《神曲》。不知道这老家伙干吗在那里藏着玩呢！

人的数目也增多了，而且有很多问题。在没有小孩的时候，用一个仆人就够了，现在至少得用俩。以前，仆人“拿糖”，满可以暂时不用；没人作饭，就外边去吃，谁也不用拿捏谁。有了小孩，这点豪气乘早收起去。三天没人洗尿布，屋里就不要再进来人。牛奶等项是非有人管理不可，有儿方知卫生难，奶瓶子一天就得烫五六次；没仆人简直不行！有仆人就得捣乱，没办法！

好多没办法的事都得马上有办法，小孩子不会等着“国联”慢慢解决儿童问题。这就长了经验。半夜里去买药，药铺的门上原来有个小口，可以交钱拿药，早先我就不晓得这一招。西药房里敢情也打价钱，不等他开口，我就提出：“还是四毛五？”这个“还是”使我省五分钱，而且落个行家。这又是一招。找老妈子有作坊，当票儿到期还可以入利延期，也都被我学会。没功夫细想，大概自从有了儿女以后，我所得的经验至少比一张大学文凭所能给我的多着许多。大学文凭是由课本里掏出来的，现在我却念着一本活书，没有头儿。

连我自己的身体现在都会变形，经小孩们的指挥，我得去装马装牛，还须装得像个样儿。不但装牛像牛，我也学会牛的忍性，小胖子觉得“开步走”有意思，我就得百走不厌；只作一回，绝对不行。多咱他改了主意，多咱我才能“立正”。在这里，我体验出母性的伟大，觉得打老婆的人们满该下狱。

中秋节前来了个老道，不要米，不要钱，只问有小孩没有？看见了小胖子，老道高了兴，说十四那天早晨须给小胖子左腕上系一根红线。备清水一碗，烧高香三炷，必能消灾除难。右邻家的老太太也出来看，老道问她有小孩没有，她惨淡的摇了摇头。到了十四那天，倒是这位老太太的提醒，小胖子的左腕上才拴了一圈红线。小孩子征服了老道与邻家老太太。一看胖手腕的红线，我觉得比写完一本伟大的作品还骄傲，于是上街买了两尊兔子王，感到老道，红线，兔子王，都有绝大的意义！

梦想的文艺

我盼望总会有那么一天，我可以随便到世界任何地方去，而没有人偷偷的跟在我的背后，没有人盘问我到哪里去和干什么去，也没有人检查我的行李。那就是我的理想世界！在那个世界里，我爱写什么便写什么，正如同我爱到何处去便到何处那样。我相信，在那个世界里，文艺将是讲绝对的真理的，既不忌讳什么而吞吞吐吐，也不因遵守标语口号而把某一帮一行的片面，当作真理。那时候，我的笔下对真理负责，而不帮着张三或李四去辩论曲直是非——他们俩最好找律师去解决那些鸡毛蒜皮的事。

那时候，我若到了德国，便直言无隐的告诉德国人，他们招待客人还太拘形式，使我感到不舒服。（德国人在那时候当然已早忘了制造战争，而很忠诚的制造阿司匹灵。）他们听了并不生气，而赶快去研究怎样可以不拘形式而把客人招待得从心眼里觉得安逸。同样的，我可以在伦敦讽刺英国的士大夫：他们为什么那样注意戴礼帽，拿雨伞，而不设法去消灭或减少伦敦的黑雾。那些有幽默感的英国人笑着接受了我的暗示，于是国会决议：每天起飞五千架重轰炸机往下洒极细的砂子，把黑雾过滤成白雾，而伦敦市民就一律因此增寿十年。

我的笔将是温和的，微微含笑的，不发气的，写出聪明的合理的话。我不必粗脖子红脸的叫喊什么，那样是会使文字粗糙，失去美丽的。我不必顾虑我的话会引来棍棒与砖头，除非我是说了谎或乱骂了人。那时候的社会上求真的习尚，使写家必须像先知似的说出警告，那时候人们的审美力的提高，使作家必须唱出他的话语，像春莺似的美妙。

昨天我听见一个四十多岁的汉子，对一个十九岁的学生说：

“你要真理？我的话便是真理！听从我的话便是听从真理！我这个真理会教你有衣有食，有津贴好拿！

在我的真理以外，你要想另找一个，你便会找到监狱，毒刑，死亡！想想看，你才十九岁，青春多么可爱呀！”

这几句话使我颤抖了好大半天。我不晓得那个十九岁的孩子后来怎样回答，我一声没出。我可是愿意说出我的愿望，尽管那个愿望是永不会实现的梦想！

我的理想家庭

一个二十多岁的小伙子，讲恋爱，讲革命，讲志愿，似乎天地之间，唯我独尊，简直想不到组织家庭——结婚既是爱的坟墓，家庭根本上是英雄好汉的累赘。及至过了三十，革命成功与否，事情好歹不论，反正领略够了人情世故，壮气就差点事儿了。虽然明知家庭之累，等于投胎为马为牛，可是人生总不过如此，多少也都得经验一番，既不坚持独身，结婚倒也还容易。于是发帖子请客，笑着开驶倒车，苦乐容或相抵，反正至少凑个热闹。到了四十，儿女已有二三，贫也好富也好，自己认头苦曳，对于年轻的朋友已经有好些个事儿说不到一处，而劝告他们老老实实的结婚，好早生儿养女，即是话不投缘的一例。到了这个年纪，设若还有理想，必是理想的家庭。倒退二十年，连这么一想也觉泄气。人生的矛盾可笑即在于此，年轻力壮，力求事事出轨，决不甘为火车：及至中年，心理的，生理的，种种理的什么什么，都使他不但非作火车不可，且作货车焉。把当初与现在一比较，判若两人，足够自己笑半天的！或有例外，实不多见。

明年我就四十了，已具说理想家庭的资格：大不必吹，盖亦自嘲。

我的理想家庭要有七间小平房：一间是客厅，古玩字画全非必要，只要几张很舒服宽松的椅子，一二小桌。一间书房，书籍不少，不管什么头版与古本，而都是我所爱读的。一张书桌，桌面是中国漆的，放上热茶杯不至烫成个圆白印儿。文具不讲究，可是都很好用。桌上老有一两枝鲜花，插在小瓶里。两间卧室，我独据一间，没有臭虫，而有一张极大极软的床。在这个床上，横睡直睡都可以，不论怎睡都一躺下就舒服合适，好像陷在棉花堆里，一点也不硬碰骨头。还有一间，是预备给客人住的。此外是一间厨房，一个厕所，没有下房，因为根本不预备用仆人。家中不要电话，不要播音机，不要留声机，不要麻将牌，不要风扇，不要保险柜。缺乏的东西本来很多，不过这几项是故意不要的，有人白送给我也不要。

院子必须很大。靠墙有几株小果木树。除了一块长方的土地，平坦无草，足够打开太极拳的，其他的地方就都种着花草——没有一种珍贵费事的，只求昌茂多花。屋中至少有一只花猫，院中至少也有一两盆金鱼；小树上悬着小笼，二三绿蝈蝈随意地鸣着。

这就该说到人了。屋子不多，又不要仆人，人口自然不能很多：一妻和一儿一女就正合适。先生管擦地板与玻璃，打扫院子，收拾花木，给鱼换水，给蝈蝈一两块绿王瓜或几个毛豆；并管上街送信买书等事宜。太太管做饭，女儿任助手——顶好是十二三岁，不准小也不准大，老是十二三岁。儿子顶好是三岁，既会讲话，又胖胖的会淘气。母女于做饭之外，就做点针线，看小弟弟。大件衣服拿到外边去洗，小件的随时自己涮一涮。

既然有这么多工作，自然就没有多少工夫去听戏看电影。不过在过生日的时候，全家就出去玩半天；接一位亲或友的老太太给看家。过生日什么的永远不请客受礼，亲友家送来的红白帖子，就一概扔在字纸篓里，除非那真需要帮助的，才送一些干礼去。到过节过年的时候，吃食从丰，而且可以买一通纸牌，大家打打“索儿胡”，赌铁蚕豆或花生米。

男的没有固定的职业；只是每天写点诗或小说，每千字卖上四五十元钱。女的也没事做，除了家务就读些书。儿女永不上学，由父母教给画图，唱歌，跳舞——乱蹦也算一种舞法——和文字，手工之类。等到他们长大，或者也会仗着绘画或写文章卖一点钱吃饭；不过这是后话，顶好暂且不提。

这一家子人，因为吃得简单干净，而一天到晚又不闲着，所以身体都很不坏。因为身体好，所以没有肝火，大家都不爱闹脾气。除了为小猫上房，金鱼甩子等事着急之外，谁也不急叱白脸的。

大家的相貌也都很体面，不令人望而生厌。衣服可并不讲究，都做得很结实朴素；永远不穿又臭又硬的皮鞋。男的很体面，可不露电影明星气；女的很健美，可不红唇卷毛的鼻子朝着天。孩子们都不卷着舌头说话，淘气而不讨厌。

这个家庭顶好是在北平，其次是成都或青岛，至坏也得在苏州。无论怎样吧，反正必须在中国，因为中国是顶文明顶平安的国家；理想的家庭必在理想的国内也。

多鼠斋杂谈

一　戒酒

并没有好大的量，我可是喜欢喝两杯儿。因吃酒，我交下许多朋友——这是酒的最可爱处。大概在有些酒意之际，说话作事都要比平时豪爽真诚一些，于是就容易心心相印，成为莫逆。人或者只在“喝了”之后，才会把专为敷衍人用的一套生活八股抛开，而敢露一点锋芒或“谬论”——这就减少了我脸上的俗气，看着红扑扑的人有点样子！

自从在社会上作事至今的廿五六年中，我不记得一共醉过多少次，不过，随便的一想，便颇可想起

“不少”次丢脸的事来。所谓丢脸者，或者正是给脸上增光的事，所以我并不后悔。酒的坏处并不在撒酒疯，得罪了正人君子——在酒后还无此胆量，未免就太可怜了！酒的真正的坏处是它伤害脑子。

“李白斗酒诗百篇”是一位诗人赠另一位诗人的夸大的谀赞。据我的经验，酒使脑子麻木、迟钝、并不能增加思想产物的产量。即使有人非喝醉不能作诗，那也是例外，而非正常。在我患贫血病的时候，每喝一次酒，病便加重一些；未喝的时候若患头“昏”，喝过之后便改为“晕”了，那妨碍我写作！

对肠胃病更是死敌。去年，因医治肠胃病，医生严嘱我戒酒。从去岁十月到如今，我滴酒未入口。

不喝酒，我觉得自己像哑巴了：不会嚷叫，不会狂笑，不会说话！啊，甚至于不会活着了！可是，不喝也有好处，肠胃舒服，脑袋昏而不晕，我便能天天写一二千字！虽然不能一口气吐出百篇诗来，可是细水长流的写小说倒也保险；还是暂且不破戒吧！

二　戒烟

戒酒是奉了医生之命，戒烟是奉了法弊的命令。什么？劣如“长刀”也卖百元一包？老子只好咬咬牙，不吸了！

从廿二岁起吸烟，至今已有一世纪的四分之一。这廿五年养成的习惯，一旦戒除可真不容易。

吸烟有害并不是戒烟的理由。而且，有一切理由，不戒烟是不成。戒烟凭一点“火儿”。那天，我只剩了一支“华丽”。一打听，它又长了十块！三天了，它每天长十块！我把这一支吸完，把烟灰碟擦干净，把洋火放在抽屉里。我“火儿”啦，戒烟！

没有烟，我写不出文章来。廿多年的习惯如此。这几天，我硬撑！我的舌头是木的，嘴里冒着各种滋味的水，嗓门子发痒，太阳穴微微的抽着疼！——顶要命的是脑子里空了一块！不过，我比烟要更厉害些：尽管你小子给我以各样的毒刑，老子要挺一挺给你看看！

毒刑夹攻之后，它派来会花言巧语的小鬼来劝导：“算了吧，也总算是个老作家了，何必自苦太甚！况且天气是这么热；要戒，等到秋凉，总比较的要好受一点呀！”

“去吧！魔鬼！咱老子的一百元就是不再买又霉、又臭、又硬、又伤天害理的纸烟！”

今天已是第六天了，我还撑着呢！长篇小说没法子继续写下去；谁管它！除非有人来说：“我每天送你一包‘骆驼’，或廿支‘华福’，一直到抗战胜利为止！”我想我大概不会向“人头狗”和“长刀”什么的投降的！

三　戒茶

我既已戒了烟酒而半死不活，因思莫若多加几种，爽性快快的死了倒也干脆。

谈再戒什么呢？

戒荤吗？根本用不着戒，与鱼不见面者已整整二年，而猪羊肉近来也颇疏远。还敢说戒？平价之米，偶而有点油肉相佐，使我绝对相信肉食者“不鄙”！若只此而戒除之，则腹中全是平价米，而人也决变为平价人，可谓“鄙”矣！不能戒荤！

必不得已，只好戒茶。

我是地道中国人，咖啡、蔻蔻、汽水、啤酒，皆非所喜，而独喜茶。有一杯好茶，我便能万物静观皆自得。烟酒虽然也是我的好友，但它们都是男性的——粗莽，热烈，有思想，可也有火气——未若茶之温柔，雅洁，轻轻的刺戟，淡淡的相依；茶是女性的。

我不知道戒了茶还怎样活着，和干吗活着。但是，不管我愿意不愿意，近来茶价的增高已教我常常起一身小鸡皮疙瘩！

茶本来应该是香的，可是现在卅元一两的香片不但不香，而且有一股子咸味！为什么不把咸蛋的皮泡泡来喝，而单去买咸茶呢？六十元一两的可以不出咸味，可也不怎么出香味，六十元一两啊！谁知道明天不就又长一倍呢！

恐怕呀，茶也得戒！我想，在戒了茶以后，我大概就有资格到西方极乐世界去了——要去就抓早儿，别把罪受够了再去！想想看，茶也须戒！

四　猫的早餐

多鼠斋的老鼠并不见得比别家的更多，不过也不比别处的少就是了。前些天，柳条包内，棉袍之上，毛衣之下，又生了一窝。

没法不养只猫子了，虽然明知道一买又要一笔钱，“养”也至少须费些平价米。

花了二百六十元买了只很小很丑的小猫来。我很不放心。单从身长与体重说，厨房中的老一辈的老鼠会一口咬两只这样的小猫的。我们用麻绳把咪咪拴好，不光是怕它跑了，而是怕它不留神碰上老鼠。

我们很怕咪咪会活不成的，它是那么瘦小，而且终日那么团着身哆哩哆嗦的。

人是最没办法的动物，而他偏偏爱看不起别的动物，替它们担忧。

吃了几天平价米和煮包谷，咪咪不但没有死，而且欢蹦乱跳的了。它是个乡下猫，在来到我们这里以前，它连米粒与包谷粒大概也没吃过。

我们总觉得有点对不起咪咪——没有鱼或肉给它吃，没有牛奶给它喝。猫是食肉动物，不应当吃素！

可是，这两天，咪咪比我们都要阔绰了；人才真是可怜虫呢！昨天，我起来相当的早，一开门咪咪骄傲的向我叫了一声，右爪按着个已半死的小老鼠。咪咪的旁边，还放着一大一小的两个死蛙——也是咪咪咬死的，而不屑于去吃，大概死蛙的味道不如老鼠的那么香美。

我怔住了，我须戒酒，戒烟、戒茶、甚至要戒荤，而咪咪——那么瘦小丑陋的小东西——会有两只蛙，一只老鼠作早餐！说不定，它还许已先吃过两三个蚱蜢了呢！

五　最难写的文章

或问：什么文章最难写？

答：自己不愿意写的文章最难写。比如说：邻居二大爷年七十，无疾而终。二大爷一辈子吃饭穿衣，喝两杯酒，与常人无异。他没立过功，没立过言。他少年时是个连模样也并不惊人的少年，到老年也还是个平平常常的老人，至多，我只能说他是个安分守己的好公民。可是，文人的灾难来了！二大爷的儿子——大学毕业，现在官居某机关科员——送过来讣文，并且诚恳的请赐挽词。我本来有两句可以赠给一切二大爷的挽词："你死了不能再见，想起来好不伤心！"可是我不敢用它来搪塞二大爷的科员少爷，怕他说我有意侮辱他的老人。我必须另想几句——近邻，天天要见面，假若我决定不写，科员少爷会恼我一辈子的。可是，老天爷，我写什么呢？

在这很为难之际，我真佩服了从前那些专凭作挽诗寿序挣吃饭的老文人了！你看，还以二大爷这件事为例吧，差不多除了扯谎，就简直没法写出一个字。我得说二大爷天生的聪明绝顶，可是还"别"说他虽聪明绝顶，而并没著过书，没发明过什么东西，和他在算钱的时候总是脱了袜子的。是的，我得把别人的长处硬派给二大爷，而把二大爷的短处一字不题。这不是作诗或写散文，而是替死人来骗活人！我写不好这种文章，因为我不喜欢扯谎。

在挽诗与寿序等而外，就得算“九一八”，“双十”与“元旦”什么的最难写了。年年有个元旦，年年要写元旦，有什么好写呢？每逢接到报馆为元旦增刊征文的通知，我就想这样回复：“死去吧！省得年年教我吃苦！”可是又一想，它死了岂不又须作挽联啊？于是只好按住心头之火，给它拼凑几句——这不是我作文章，而是文章作我！说到这里，相应提出：“救救文人！”的口号，并且希望科员少爷与报馆编辑先生网开一面，叫小子多活两天！

六　最可怕的人

我最怕两种人：第一种是这样的——凡是他所不会的，别人若会，便是罪过。比如说：他自己写不出幽默的文字来，所以他把幽默文学叫作文艺的脓汁，而一切有幽默感的文人都该加以破坏抗战的罪过。他不下一番工夫去考查考查他所攻击的东西到底是什么，而只因为他自己不会，便以为那东西该死。这是最要不得的态度，我怕有这种态度的人，因为他只会破坏，对人对己都全无好处。假若他作公务员，他便只有忌妒，甚至因忌妒别人而自己去作汉奸；假若他是文人，他便也只会忌妒，而一天到晚浪费笔墨，攻击别人，且自鸣得意，说自己颇会批评——其实是扯淡！这种人乱骂别人，而自己永不求进步；他污秽了批评，且使自己的心里堆满了尘垢。

第二种是无聊的人。他的心比一个小酒盅还浅，而面皮比墙还厚。他无所知，而自信无所不知。他没有不可干的事，而一切都莫名其妙。他的谈话只是运动运动唇齿舌喉，说不说与听不听都没有多大关系。他还在你正在工作的时候来“拜访”。看你正忙着，他赶快就说，不耽误你的工夫。可是，说罢便安然坐下了——两个钟头以后，他还在那儿坐着呢！他必须谈天气，谈空袭，谈物价，而且随时给你教训：“有警报还是躲一躲好！”或是“到八月节物价还要涨！”他的这些话无可反驳，所以他会百说不厌，视为真理。我真怕这种人，他耽误了我的时间，而自杀了他的生命！

七　衣

对于英国人，我真佩服他们的穿衣服的本领。一个有钱的或善交际的英国人，一天也许要换三四次衣服。开会，看赛马，打球，跳舞……都须换衣服。据说：有人曾因穿衣脱衣的麻烦而自杀。我想这个自杀者并不是英国人。英国人的忍耐性使他们不会厌烦“穿”和“脱”，更不会使他们因此而自杀。

我并不反对穿衣要整洁，甚至不反对衣服要漂亮美观。可是，假若教我一天换几次衣服，我是也会自杀的。想想看，系钮扣解钮扣，是多么无聊的事！而钮扣又是那么多，那么不灵动，那么不起好感，假若一天之中解了又系，系了再解，至数次之多，谁能不感到厌世呢！

在抗战数年中，生活是越来越苦了。既要抗战，就必须受苦，我决不怨天尤人。再进一步，若能从苦中求乐，则不但可以不出怨言，而且可以得到一些兴趣，岂不更好呢！在衣食住行人生四大麻烦中，食最不易由苦中求乐，菜根香一定香不过红烧蹄膀！菜根使我贫血；“狮子头”却使我壮如雄狮！

住和行虽然不像食那样一点不能将就，可是也不会怎样苦中生乐。三伏天住在火炉子似的屋内，或金鸡独立的在汽车里挤着，我都想掉泪，一点也找不出乐趣。

只有穿的方面，一个人确乎能由苦中找到快活。“七七”抗战后，由家中逃出，我只带着一件旧夹袍和一件破皮袍，身上穿着一件旧棉袍。这三袍不够四季用的，也不够几年用的。所以，到了重庆，我就添置衣裳。主要的是灰布制服。这是一种“自来旧”的布作成的，一下水就一蹶不振，永远难看。吴组缃先生名之为斯文扫地的衣服。可是，这种衣服给我许多方便——简直可以称之为享受！我可以穿着裤子睡觉，而不必担心裤缝直与不直；它反正永远不会直立。我可以不必先看看座位，再去坐下；我的宝裤不怕泥土污秽，它原是自来旧。雨天走路，我不怕汽车。晴天有空袭，我的衣服的老鼠皮色便是伪装。这种衣服给我舒适、自由和亲切之感。它和我好像多年的老夫妻，彼此有完全的了解，没有一点隔膜。

我希望抗战胜利之后，还老穿着这种国难衣，倒不是为省钱，而是为舒服。

八　行

朋友们屡屡函约进城，始终不敢动。“行”在今日，不是什么好玩的事。看吧，从北碚到重庆第一就得出“挨挤费”一千四百四十元。所谓挨挤费者就是你须到车站去“等”，等多少时间？没人能告诉你。幸而把车等来，你还得去挤着买票，假若你挤不上去，那是你自己的无能，只好再等。幸而票也挤到手，你就该到车上去挨挤。这一挤可厉害！你第一要证明了你的确是脊椎动物，无论如何你都能直挺挺的立着。第二，你须证明在进化论中，你确是猴子变的，所以现在你才能手脚并用，全身紧张而灵活，以免被挤成像四喜丸子似的一堆肉。第三，你须有“保护皮”，足以使你全身不怕伞柄、胳臂肘、脚尖、车窗，等等的戳、碰、刺、钩；否则你会遍体鳞伤。第四，你须有不中暑发痧的把握，要有不怕把鼻子伸在有狐臭的腋下而不能动的本事……你须备有的条件太多了，都是因为你喜欢交那一千四百多元的挨挤费！

我头昏，一挤就有变成爬虫的可能，所以，我不敢动。

再说，在重庆住一星期，至少花五六千元；同时，还得耽误一星期的写作；两面一算，使我胆寒！

以前，我一个人在流亡，一人吃饱便天下太平，所以东跑西跑，一点也不怕赔钱。现在，家小在身边，一张嘴便是五六个嘴一齐来，于是嘴与胆子乃适成反比，嘴越多，胆子越小！

重庆的人们哪，设法派小汽车来接呀，否则我是不会去看你们的。你们还得每天给我们一千元零花。烟、酒都无须供给，我已戒了。啊，笑话是笑话，说真的，我是多么想念你们，多么渴望见面畅谈呀！

九　帽

在“七七”抗战后，从家中跑出来的时候，我的衣服虽都是旧的，而一顶呢帽却是新的。那是秋天在济南花了四元钱买的。

廿八年随慰劳团到华北去，在沙漠中，一阵狂风把那顶呢帽刮去，我变成了无帽之人。假若我是在四川，我便不忙于去再买一顶——那时候物价已开始要张开翅膀。可是，我是在北方，天已常常下雪，我不可一日无帽。于是，在宁夏，我花了六元钱买了一顶呢帽。在战前它公公道道的值六角钱。这是一顶很顽皮的帽子。它没有一定的颜色，似灰非灰，似紫非紫，似赭非赭，在阳光下，它仿佛有点发红，在暗处又好似有点绿意。我只能用“五光十色”去形容它，才略为近似。它是呢帽，可是全无呢意。我记得呢子是柔软的，这顶帽可是非常的坚硬，用指一弹，它呰呰的响。这种不知何处制造的硬呢会把我的脑门儿勒出一道小沟，使我很不舒服；我须时时摘下帽来，教脑袋休息一下！赶到淋了雨的时候，它就完全失去呢性，而变成铁筋洋灰的了。因此，回到重庆以后，我总是能不戴它就不戴；一看见它我就有点害怕。

因为怕它，所以我在白象街茶馆与友摆龙门阵之际，我又买了一顶毛织的帽子。这一顶的确是软的，软得可以折起来，我很高兴。

不幸，这高兴又是短命的。只戴了半个钟头，我的头就好像发了火，痒得很。原来它是用野牛毛织成的。它使脑门热得出汗，而后用那很硬的毛儿刺那张开的毛孔！这不是戴帽，而是上刑！

把这顶野牛毛帽放下，我还是得戴那顶铁筋洋灰的呢帽。经雨淋、汗沤、风吹、日晒，到了今年，这顶硬呢帽不但没有一定的颜色，也没有一定的样子了——可是永远不美观。每逢戴上它，我就躲着镜子；我知道我一看见它就必有斯文扫地之感！

前几天，花了一百五十元把呢帽翻了一下。它的颜色竟自有了固定的倾向，全体都发了红。它的式样也因更硬了一些而暂时有了归宿，它的确有点帽子样儿了！它可是更硬了，不留神，帽檐碰在门上或硬东西上，硬碰硬，我的眼中就冒了火花！等着吧，等到抗战胜利的那天，我首先把它用剪子铰碎，看它还硬不硬！

十 狗

中国狗恐怕是世界上最可怜最难看的狗。此处之“难看”并不指狗种而言，而是与“可怜”密切相关。无论狗的模样身材如何，只要喂养得好，它便会长得肥肥胖胖的，看着顺眼。中国人穷。人且吃不饱，狗就更提不到了。因此，中国狗最难看；不是因为它长得不体面，而是因为它骨瘦如柴，终年夹着尾巴。

每逢我看见被遗弃的小野狗在街上寻找粪吃，我便要落泪。我并非是爱作伤感的人，动不动就要哭一鼻子。我看见小狗的可怜，也就是感到人民的贫穷。民富而后猫狗肥。

中国人动不动就说：我们地大物博。那也就是说，我们不用着急呀，我们有的是东西，永远吃不完喝不尽哪！哼，请看看你们的狗吧！

还有：狗虽那么找不着吃，（外国狗吃肉，中国狗吃粪；在动物学上，据说狗本是食肉兽。）那么随便就被人踢两脚，打两棍，可是它们还照旧的替人们服务。尽管它们饿成皮包着骨，尽管它们刚被主人踹了两脚，它们还是极忠诚的去尽看门守夜的责任。狗永远不嫌主人穷。这样的动物理应得到人们的赞美，而忠诚、义气、安贫、勇敢，等等好字眼都该归之于狗。可是，我不晓得为什么中国人不分黑白的把汉奸与小人叫作走狗，倒仿佛狗是不忠诚不义气的动物。我为狗喊冤叫屈！

猫才是好吃懒作，有肉即来，无食即去的东西。洋奴与小人理应被叫作“走猫”。

或者是因为狗的脾气好，不像猫那样傲慢，所以中国人不说“走猫”而说“走狗”？假若真是那样，我就又觉得人们未免有点“软的欺，硬的怕”了！

不过，也许有一种狗，学名叫作“走狗”；那我还不大清楚。

十一　昨天

昨天一整天不快活。老下雨，老下雨，把人心都好像要下湿了！

有人来问往哪儿跑？答以：嘉陵江没有盖儿。邻家聘女。姑娘有二十二三岁，不难看。来了一顶轿子，她被人从屋中掏出来，放进轿中；轿夫抬起就走。她大声的哭。没有锣鼓。轿子就那么哭着走了。看罢，我想起幼时在鸟市上买鸟。贩子从大笼中抓出鸟来，放在我的小笼中，鸟尖锐的叫。

黄狼夜间将花母鸡叼去。今午，孩子们在山坡后把母鸡找到。脖子上咬烂，别处都还好。他们主张还炖一炖吃了。我没拦阻他们。乱世，鸡也该死两道的。

头总是昏。一友来，又问："何以不去打补针？"我笑而不答，心中很生气。

正写稿子，友来。我不好让他坐。他不好意思坐下，又不好意思马上就走。中国人总是过度的客气。

友人函告某人如何，某事如何，即答以："大家肯把心眼放大一些，不因事情不尽合己意而即指为恶事，则人世纠纷可减半矣！"发信后，心中仍在不快。

长篇小说越写越不像话，而索短稿者且夥，颇郁郁！

晚间屋冷话少，又戒了烟，呆坐无聊，八时即睡。这是值得记下来的一天——没有一件痛快事！在这样的日子，连一句漂亮的话也写不出！为什么我们没有伟大的作品哪？哼，谁知道！

十二　傻子

民间的故事与笑话里，有许多许多是讲兄弟三个，或姐妹三个，或盟兄弟三个，或女婿三个；第三个必定是傻子，而傻子得到最后的胜利。据说这种结构的公式是世界性的，世界各处都有这样的故事与笑话。为什么呢？因为人们是同情于弱者的。三弟三妹三女婿既最幼，又最傻，所以必须胜利。

和许多别种民间故事与笑话的含义一样，这种同情弱者的表示可也许是“夫子自道也”。这就是说：人民有一肚子委屈而无处去诉，就只好想象出一位“巨包文正”，或北侠欧阳春来，给他们撑一撑腰，吐一口气。同样的，他们制造出弱者胜利的故事与笑话，也是为了自慰；故事与笑话中的傻子就是他们自己。他们自己既弱且愚，可是他们讽刺了那有势力，有钱财，与有学问的人，他们感到胜利。

可是，这种讽刺的胜利到底是否真正的胜利，就不大好说。假若胜利必须是精神上的呢，他们大概可以算得了胜。反之，精神胜利若因无补于实际而算不得胜利，那就不大好办了。

在我们的民间，这种傻子胜利的故事与笑话似乎比哪一国都多。我不知道，我应当庆祝他们已经得到胜利，还是应当把我的“怪难过的”之感告诉给他们。

可喜的寂寞

既可喜，却又寂寞，有点自相矛盾。别着急，略加解释，便会统一起来。

近来呀，每到星期日，我就又高兴，又有点寂寞。高兴的是：儿女们都从学校、机关回家来看看，还带着他们的男女朋友，真是热闹。听吧，各屋里的笑声，辩论声，都连续不断，声震屋瓦，连我们的大猫都找不到安睡懒觉的地方，只好跑到房上去呆坐。虽然这么热闹，我却很寂寞。他们所讨论的，我插不上嘴；默坐旁听，又听不懂！

我的文艺知识不很丰富，可是几十年来总以写作为业，按说对儿女们应该有些影响。事实并不如此。

他们都不学文艺，虽然他们也爱看小说、话剧、电影什么的。他们，连他们带来的男女朋友，都学科学。我家最小的那个梳两条小辫的娃娃，刚考入大学，又是学物理！这群小科学家们凑到一处，连说笑似乎都带点什么科学味道，我听不懂。

他们也并不光说笑、争辩。有时候，他们安静下来：哥哥帮助妹妹算数学上的难题，或几个人都默默地思索着一个什么科学上的道理。在这种时候，我看得出来，他们的深思苦虑和诗人的呕尽心血并没有什么不同。我可也看到，当诗人实在找不到最好的字的时候，他也只好暂且将就用个次好的字，而小科学家们可不能这么办，他们必须找到那个最正确的答案，差一点点也不行。当他们得到了答案的时候，他们便高兴得又跳又唱，觉得已拿到打开宇宙秘密的一把小钥匙。

我看到了一种新的精神。是，从他们决定投考哪个学校，要选修哪门科学的时候起，我就不断地听到“尖端”、“发明”和“革新”等等悦耳的字眼儿。因此，我没有参加意见，更不肯阻拦他们。他们是那么热烈地讨论着，那么努力预备考试，我还有什么可说的呢！我看出来，是那个新精神支配着他们，鼓舞着他们，我无权阻拦他们。

他们的选择不是为名为利，而是要下决心去埋头苦干。是，从他们怎么预备功课和怎么制订工作计划，我就看出：他们所选择的道路并不是容易走的。他们有勇气与决心去翻山越岭，攀登高峰。他们的选择不仅出于个人的嗜爱，而也是政治热情的表现——现在是原子时代，而我们的科学技术还有些落后，必须急起直追。想建设一个有现代工业、农业与文化的国家，非有现代科学技术不可！我不能因为自己喜爱文艺而阻拦儿女们去学科学。建设伟大的祖国，自力更生，必须闯过科学技术关口。儿女们，在党的教育培养下，不但看明此理，而且决心去作闯关的人。这是多么可喜的事啊！是呀，且不说别的，只说改良一个麦种，或制造一种尼龙袜子，就需要多少科学研究与试验啊！科学不发达，现代化就无从说起。

我们的老农有很多宝贵的农业知识与经验，但专凭这些知识与经验而无现代的科学技术，便难以应付农业现代化的要求。我们的手工业有悠久的传统和许多世代相传的窍门，但也须进一步提高到科学理论上去，才能发展、提高。重工业和新兴的工业更用不着说，没有现代的科学技术，寸步难行。小科学家们，你们的责任有多么重大呀！

于是，我的星期日的寂寞便是可喜的了。我不能摹仿大猫，听不懂就跑上房去。我默默地听着小将们的谈论，而且想到：我若是也懂点科学，够多么好！写些科学小品，或以发明创造为内容的小说，够多么新颖，多么富有教育性啊。若是能把青年一代这种热爱科学的新精神写出来，不就更好吗？是呀，我们大概还缺乏这样的作品。我希望这样的作品不久就会出现。这应当是文艺创作的一个新的重要题材。

头一天

那时候，（一晃儿十年了！）我的英语就很好。我能把它说得不像英语，也不像德语，细听才听得出——原来是“华英官话”。那就是说，我很艺术的把几个英国字匀派在中国字里，如鸡兔之同笼。英国人把我说得一愣一愣的，我可也把他们说得直眨眼；他们说的他们明白，我说的我明白，也就很过得去了。

…………

给它个死不下船，还有错儿么?！反正船得把我运到伦敦去，心里有底！

果然一来二去的到了伦敦。船停住不动，大家都往下搬行李，我看出来了，我也得下去。什么码头?

顾不得看；也不顾问，省得又招人们眨眼。检验护照。我是末一个——英国人不像咱们这样客气，外国人得等着。等了一个多钟头，该我了。两个小官审了我一大套，我把我心里明白的都说了，他俩大概没明白。他们在护照上盖了个戳儿，我"看"明白了："准停留一月 Only"。(后来由学校晏请内务部把这个给注销了，不在话下。)管它 Only 还是"哼来"，快下船哪，别人都走了。敢情还得检查行李呢。这回很干脆："烟？"我说"no"；"丝？"又一个"no"。皮箱上画了一道符，完事。我的英语很有根了，心里说。看别人买车票，我也买了张；大家走，我也走；反正他们知道上哪儿。他们要是走丢了，我还能不陪着么？上了火车。火车非常的清洁舒服。越走，四外越绿，高高低低全是绿汪汪的。太阳有时出来，有时进去，绿地的深浅时时变动。远处的绿坡托着黑云，绿色特别的深厚。看不见庄稼，处处是短草，有时看见一两只摇尾食草的牛。这不是个农业国。

…………

车停在 Cannon Street。大家都下来，站台上不少接客的男女，接吻的声音与姿式各有不同。我也慢条厮理的下来；上哪儿呢？啊，来了救兵，易文思教授向我招手呢。他的中国话比我的英语应多得着九十多分。他与我一人一件行李，走向地道车站去；有了他，上地狱也不怕了。坐地道火车到了Liverpool Street。这是个大车站，把行李交给了转运处，他们自会给送到家去。然后我们喝了杯啤酒，吃了块点心。车站上，地道里，转运处，咖啡馆，给我这么个印象：外面都是乌黑不起眼，可是里面非常的清洁有秩序。后来我慢慢看到，英国人也是这样。脸板得要哭似的，心中可是很幽默，很会讲话。他们慢，可是有准。易教授早一分钟也不来；车进了站，他也到了。他想带我上学校去，就在车站的外边。想了想，又不去了，因为这天正是礼拜。他告诉我，已给我找好了房，而且是和许地山在一块。我更痛快了，见了许地山还有什么事作呢，除了说笑话？

…………

易教授住在Barnet，所以他也在那里给我找了房。这虽在“大伦敦”之内，实在是属Hertfordshire，离伦敦有十一哩，坐快车得走半点多钟。我们就在原车站上了车，赶到车快到目的地，又看见大片的绿草地了。下了车，易先生笑了。说我给带来了阳光。果然，树上还挂着水珠，大概是刚下过雨去。

…………

正是九月初的天气，地上潮阴阴的，树和草都绿得鲜灵灵的。由车站到住处还要走十分钟。街上差不多没有什么行人，汽车电车上也空空的。礼拜天。街道很宽，铺户可不大，都是些小而明洁的，此处已没有伦敦那种乌黑色。铺户都关着门，路右边有一大块草场，远处有一片树林，使人心中安静。

…………

最使我忘不了的是一进了胡同：Carnarvon Street。这是条不大不小的胡同。路是柏油碎石子的，路边上还有些流水，因刚下过雨去。两旁都是小房，多数是两层的，瓦多是红色。走道上有小树，多像冬青，结着红豆。房外二尺多的空地全种着花草，我看见了英国的晚玫瑰。窗都下着帘，绿蔓有的爬满了窗沿。路上几乎没人，也就有十点钟吧，易教授的大皮鞋响声占满了这胡同，没有别的声。那些房子实在不是很体面，可是被静寂，清洁，花草，红绿的颜色，雨后的空气与阳光，给了一种特别的味道。它是城市，也是村庄，它本是在伦敦作事的中等人的居住区所。房屋表现着小市民气，可是有一股清香的气味，和一点安适太平的景象。

…………

将要作我的寓所的也是所两层的小房，门外也种着一些花，虽然没有什么好的，倒还自然；窗沿上悬着一两枝灰粉的豆花。房东是两位老姑娘，姐已白了头，胖胖的很傻，说不出什么来。妹妹作过教师，说话很快，可是很清晰，她也有四十上下了。妹妹很尊敬易教授，并且感谢他给介绍两位中国朋友。许地山在屋里写小说呢，用的是一本油盐店的账本，笔可是钢笔，时时把笔尖插入账本里去，似乎表示着力透纸背。

…………

房子很小：楼下是一间客厅，一间饭室，一间厨房。楼上是三个卧室，一个浴室。由厨房出去，有个小院，院里也有几棵玫瑰，不怪英国史上有玫瑰战争，到处有玫瑰，而且种类很多。院墙只是点矮矮的木树，左右邻家也有不少花草，左手里的院中还有几株梨树，挂了不少果子。我说“左右”，因自从在上海便转了方向，太阳天天不定从哪边出来呢！

…………

这所小房子里处处整洁，据地山说，都是妹妹一个人收拾的；姐姐本来就傻，对于工作更会“装”傻。

他告诉我，她们的父亲是开面包房的，死时把买卖给了儿子，把两所小房给了二女。姊妹俩卖出去一所，把钱存起吃利；住一所，租两个单身客，也就可以维持生活。哥哥不管她们，她们也不求哥哥。妹妹很累，她操持一切；她不肯叫住客把硬领与袜子等交洗衣房；她自己给洗并熨平。在相当的范围内，她没完全商业化了。

易先生走后，姐姐戴起大而多花的帽子，去作礼拜。妹妹得作饭，只好等晚上再到教堂去。她们很虔诚；同时，教堂也是她们唯一的交际所在。姐姐并听不懂牧师讲的是什么，地山告诉我。路上慢慢有了人声，多数是老太婆与小孩子，都是去礼拜的。偶尔也跟着个男人，打扮得非常庄重，走路很响，是英国小绅士的味儿。邻家有弹琴的声音。

…………

饭好了，姐姐才回来，傻笑着。地山故意的问她，讲道的内容是什么？她说牧师讲的很深，都是哲学。饭是大块牛肉。由这天起，我看见牛肉就发晕。英国普通人家的饭食，好处是在干净；茶是真热。口味怎样，我不敢批评，说着伤心。

…………

饭后，又没了声音。看着屋外的阳光出没，我希望点蝉声，没有。什么声音也没有。连地山也不讲话了。寂静使我想起家来，开始写信。地山又拿出账本来，写他的小说。

…………

伦敦边上的小而静的礼拜天。

小型的复活

“二十三，罗成关。”

二十三岁那一年的确是我的一关，几乎没有闯过去。

从生理上，心理上，和什么什么理上看，这句俗语确是个值得注意的警告。据一位学病理学的朋友告诉我：从十八到二十五岁这一段，最应当注意抵抗肺痨。事实上，不少人在二十三岁左右忙着大学毕业考试，同时眼睛溜着毕业即失业那个鬼影儿；两气夹攻，身体上精神上都难悠悠自得，肺病自不会不乘虚而入。

放下大学生不提，一般的来说，过了二十一岁，自然要开始收起小孩子气而想变成个大人了；有好些二十二三岁的小伙子留下小胡子玩玩，过一两星期再剃了去，即是一证。在这期间，事情得意呢，便免不得要尝尝一向认为是禁果的那些玩艺儿；既不再自居为小孩子，就该老声者气的干些老人们所玩的风流事儿了。钱是自己挣的，不花出去岂不心中闹得慌。吃烟喝酒，与穿上绸子裤褂，还都是小事；嫖嫖赌赌，才真够得上大人味儿。要是事情不得意呢，抑郁牢骚，此其时也，亦能损及健康。老实一点的人儿，即使事情得意，而又不肯瞎闹，也总会想到找个女郎，过过恋爱生活，虽然老实，到底年轻沉不住气，遇上以恋爱为游戏的女子，结婚是一堆痛苦，失恋便许自杀。反之，天下有欠太平，顾不及来想自己，杀身成仁不甘落后，战场上的血多是这般人身上的。

可惜没有一套统计表来帮忙，我只好说就我个人的观察，这个“罗成关论”是可以立得住的。就近取譬，我至少可以抬出自己作证，虽说不上什么“科学的”，但到底也不失“有这么一回”的价值。

二十三岁那年，我自己的事情，以报酬来讲，不算十分的坏。每月我可以拿到一百多块钱。十六七年前的一百块是可以当现在二百块用的；那时候还能花十五个小铜子就吃顿饱饭，我记得：一份肉丝炒三个油撕火烧，一碗馄饨带沃两个鸡子，不过是十一二个铜子就可以开付；要是预备好十五枚作饭费，那就颇可以弄一壶白干儿喝喝了。

自然那时候的中交钞票是一块当作几角用的，而月月的薪水永远不能一次拿到，于是化整为零与化圆为角的办法使我往往须当一两票当才能过得去。若是痛痛快快的发钱，而钱又是一律现洋，我想我或者早已成个“阔老”了。

无论怎么说吧，一百多圆的薪水总没教我遇到极大的困难；当了当再赎出来，正合“裕民富国”之道，我也就不悦不怨。每逢拿到几成薪水，我便回家给母亲送一点钱去。由家里出来，我总感到世界上非常的空寂，非掏出点钱去不能把自己快乐的与世界上的某个角落发生关系。于是我去看戏，逛公园，喝酒，买“大喜”烟吃。因为看戏有了瘾，我更进一步去和友人们学几句，赶到酒酣耳热的时节，我也能喊两嗓子；好歹不管，喊喊总是痛快的。酒量不大，而颇好喝，凑上二三知己，便要上几斤；喝到大家都舌短的时候，才正爱说话，说得爽快亲热，真露出点燕赵多慷慨悲歌之士的气概来。这的确值得记住的。喝醉归来，有时候把钱包手绢一齐交给洋车夫给保存着，第二日醒过来，于伤心中仍略有豪放不羁之感。

也学会了打牌。到如今我醒悟过来，我永远成不了牌油子。我不肯费心去算计，而完全浪漫的把胜负交与运气。我不看“地”上的牌，也不看上下家放的张儿，我只想象的希望来了好张子便成了清一色或是大三元。结果是回回一败涂地。认识了这一个缺欠以后，对牌便没有多大瘾了，打不打都可以；可是，在那时候我决不承认自己的牌臭，只要有人张罗，我便坐下了。

我想不起一件事比打牌更有害处的。喝多了酒可以受伤，但是刚醉过了，谁者不会马上再去饮，除非是借酒自杀的。打牌可就不然了，明知有害，还要往下干，有一个人说“再接着来”，谁便也舍不得走。在这时候，人好像已被那些小块块们给迷住，冷热饥饱都不去管，把一切卫生常识全抛在一边。越打越多吃烟喝茶，越输越往上撞火。鸡鸣了，手心发热，脑子发晕，可是谁也不肯不舍命陪君子。打一通夜的麻雀，我深信，比害一场小病的损失还要大得多。但是，年轻气盛，谁管这一套呢！

我只是不嫖。无论是多么好的朋友拉我去，我没有答应过一回。我好像是保留着这么一点，以便自解自慰；什么我都可以点头，就是不能再往“那里”去；

只有这样，当清夜扪心自问的时候才不至于把自己整个的放在荒唐鬼之群里边去。

可是，烟，酒，麻雀，已足使我瘦弱，痰中往往带着点血！

那时候，婚姻自由的理论刚刚被青年们认为是救世的福音，而母亲暗中给我定了亲事。为退婚，我着了很大的急。既要非作个新人物不可，又恐太伤了母亲的心，左右为难，心就绕成了一个小疙瘩。婚约到底是废除了，可是我得到了很重的病。

病的初起，我只觉得浑身发僵。洗澡，不出汗；满街去跑，不出汗。我知道要不妙。两三天下去，我服了一些成药，无效。夜间，我作了个怪梦，梦见我仿佛是已死去，可是清清楚楚的听见大家的哭声。第二天清晨，我回了家，到家便起不来了。

“先生”是位太医院的，给我下得什么药，我不晓得，我已昏迷不醒，不晓得要药方来看。等我又能下了地，我的头发已全体与我脱离关系，头光得像个磁球。半年以后，我还不敢对人脱帽，帽下空空如也。

经过这一场病，我开始检讨自己：那些嗜好必须戒除，从此要格外小心，这不是玩的！

可是，到底为什么要学这些恶嗜好呢？啊，原来是因为月间有百十块的进项，而工作又十分清闲。那么，打算要不去胡闹，必定先有些正经事做；清闲而报酬优的事情只能毁了自己。

恰巧，这时候我的上司申斥了我一顿。我便辞了差。有的人说我太负气，有的人说我被迫不能不辞职，我都不去管。我去找了个教书的地方，一月挣五十块钱。在金钱上，不用说，我受了很大的损失；在劳力上自然也要多受好多的累。可是，我很快活：我又摸着了书本，一天到晚接触的都是可爱的学生们。除了还吸烟，我把别的嗜好全自自然然的放下了。挣的钱少，做的事多，不肯花钱，也没闲工夫去花。一气便是半年，我没吃醉过一回，没摸过一次牌。累了，在校园转一转，或到运动场外看学生们打球，我的活动完全在学校里，心整，生活有规律；设若再能把烟卷扔下，而多上几次礼拜堂，我颇可以成个清教徒了。

想起来，我能活到现在，而且生活老多少有些规律，差不多全是那一“关”的劳；自然，那回要是没能走过来，可就似乎有些不妥了。“二十三，罗成关”是个值得注意的警告！

小　病

大病往往离死太近，一想便寒心，总以不患为是。即使承认病死比杀头活埋剥皮等死法光荣些，到底好死不如歹活着。半死不活的味道使盖世的英雄泪下如雨呀。拿死吓唬任何生物是不人道的。大病专会这么吓唬人，理当回避，假若不能扫除净尽。

可是小病便当另作一说了。山上的和尚思凡，比城里的学生要厉害许多。同样，楚霸王不害病则没的可说，一病便了不得。生活是种律动，须有光有影，有左有右，有晴有雨；滋味就含在这变而不猛的曲折里。微微暗些，然后再明起来，则暗得有趣，而明乃更明；且至明过了度，忽然烧断，如百烛电灯泡然。这个，照直了说，便是小病的作用。常患些小病是必要的。

所谓小病，是在两种小药的能力圈内，阿司匹灵与清瘟解毒丸是也。这两种药所不治的病，顶好快去请大夫，或者立下遗嘱，备下棺材，也无所不可，咱们现在讲的是自己能当大夫的“小”病。这种小病，平均每个半月犯一次就挺合适。一年四季，平均犯八次小病，大概不会再患什么重病了。自然也有爱患完小病再患大病的人，那是个人的自由，不在话下。

咱们说的这类小病很有趣。健康是幸福；生活要趣味。所以应当讲说一番：

小病可以增高个人的身份。不管一家大小是靠你吃饭，还是你白吃他们，日久天长，大家总对你冷淡。假若你是挣钱的，你越尽责，人们越挑眼，好像你是条黄狗，见谁都得连忙摆尾；一尾没摆到，即使不便明言，也暗中唾你几口。不大离的你必得病一回，必得！早晨起来，哎呀，头疼！买清瘟解毒丸去！还有阿司匹灵吗？不在乎要什么，要的是这个声势，狗的地位提高了不知多少。连懂点事的孩子也要闭眼想想了——这棵树可是倒不得呀！你在这时节可以发散发散狗的苦闷了，卫生的要术。你若是个白吃饭的，这个方法也一样灵验。特别是妈妈与老嫂子，一见你真需要阿司匹灵，她们会知道你没得到你所应得的尊敬，必能设法安慰你：去听听戏，或带着孩子们看电影去吧？她们诚意的向你商量，本来你的病是吃小药饼或看电影都可以治好的，可是你的身份高多了呢。在朋友中，社会中，光景也与此略同。

此外，小病两日而能自己治好，是种精神的胜利。人就是别投降给大夫。无论国医西医，一律招惹不得。头疼而去找西医，他因不能断症——你的病本来不算什么——一定嘱告你住院，而后详加检验，发现了你的小脚指头不是好东西，非割去不可。十天之后，头疼确是好了，可是足指剩了九个。国医文明一些，不提小脚指头这一层，而说你气虚，一开便是二十味药；他越摸不清你的脉，越多开药，意在把病吓跑。就是不找大夫。预防大病来临，时时以小病发散之，而小病自己会治，这就等于“吃了萝卜喝热茶，气得大夫满街爬！”

有宜注意者：不当害这种病时，别害。头疼，大则失去一个王位，小则能惹出是非。设个小比方：长官约你陪客，你说头疼不去，其结果有不易消化者。怎样利用小病，须在全部生活艺术中搜求出来。看清机会，而后一想象，乃由无病而有病，利莫大焉。

这个，从实际上看，社会上只有一部分人能享受，差不多是一种雅好的奢侈。可是，在一个理想国里，人人应该有这个自由与享受。自然，在理想国内也许有更好的办法；不过，什么办法也不及这个浪漫，这是小品病。

有钱最好

既是苦命人，到处都得受罪，穷大奶奶逛青岛，受洋罪；我也正受着这种洋罪。

青岛的青山绿水是给诗人预备的，我不是诗人。青岛的洋楼汽车是给阔人预备的，我有时候袋里剩三个子儿。享受既然无缘，只好放在一边，单表受罪。

第一先得说房。大小不拘，这里的房全是洋式。由房东那方面看，租钱不算多；由住房的看，像我这样的人，简直一月月的干给房东赶网。吃也不算贵，喝也不算贵；房没有贱的。房既然贵，自然住不起一整所儿。所以大多数的楼房是分租的，一层儿两三间房租给一家。住楼上的呢，得上下跑腿；而且费煤，因为高处得风，墙又不厚。住楼下的，自然省了脚，也比较的暖一点，可是乐不抵苦。您别看大家都洋服啷当儿的，讲到公德心，青岛的人并不比别处的文明。楼的建筑根本是二五八，楼板也就是一寸来厚，而楼上的人们，绝不会想到楼下还有人。希望大家铺地毯，未免所求过奢；能垫上点席子便很难得。要赶上楼上有那么七八个孩子，那就蛤蟆垫桌腿儿，死挨。人家能把楼板跺得老忽闪忽闪的动，时时有塌下来的可能。自然没人能管住小孩不走不跳，可是能够作到的也没人作。比如说椅子腿上包点布，或者不准小孩子拉椅子，这很容易吧？哼，没那回事。你莫名其妙楼上怎会有那么多椅子，更不知道为什么老在那儿拉。你晓得楼上拉椅子多么难听，它钻脑子，叫人想马上自杀。可是谁叫你住楼下呢！你乘早不用去请求，住楼上的理直气壮。“哟，我们的孩子会闹？那可奇怪！拉椅子？我们的小孩可就是喜欢拉椅子玩。在楼上踢毽？可不是，小孩还能不玩？”楼上的人都这么和气而且近情近理。你只有一条路，搬家。

搬吧，都调查好了，同楼的小孩少，大人也规矩，你很喜欢。搬过去一看，院里有八条狗！青岛是带洋派的地方，讲究养狗。可是养狗的人想不起去溜溜它们，狗屎全摆在院中。狗名儿都是洋的，什么济美、什么邦走；敢情洋名的狗拉洋屎，也是臭的。济美们还叫呢，要赶上你要睡会儿觉，或是孩子刚睡着，人家才叫得凶呢。

还得搬哪！这回可好，没有小孩，也没有狗。早晨七点来钟，人家唱上了。青岛的京戏最时兴。早晨唱过了，那敢情不过是喊喊嗓子。大轴子是在晚上，胡琴拉着，生末净旦丑俱全，唱开了没头儿，唱得好听的自然不是没有哇；叫人想自杀的也不少。你怎办？还得搬家。

搬一回家，要安一回灯，挂一回帘子；洋房吗。搬一回家，要到公司报一回灯，报一回水，洋派吗。搬一回家，要损失一些东西，损失一些钱，洋罪吗。

好房子有哇，也得住得起呀，算了吧，房子够了。

带洋字的，还就是洋车好，干净，雨布风帘也齐全；可就是贵。一上车就是一毛钱，稍微远那么一点就得两毛。我的办法是不坐。这有点对不起“车友”们，可是有什么办法呢？自行车也不好骑，净是山路，坡得要命。最好是坐汽车，其次就是走，据我看。汽车呢，连那个喇叭咱也买不起；即使勉强的买个喇叭，不是还得自己走路；干脆，咱走就是了。青岛的空气却是不坏，可惜脚受点委屈！

关于食，没什么可说的。饭馆子不少，中菜西菜都有。价钱都可以的，所以咱还是消极抵抗，不吃。自己家里做菜倒不贵，鱼虾现成，而且新鲜。别的肉类菜蔬也说不上贵来；吃饱了拉倒，这倒好办。馋了呢？活该！

穿，随便。青年人多数穿洋服，也很有些穿得很讲究的。咱向来不讲究穿，给它个不在乎。这占了已结婚的便宜。设若正在“追求”期间，我想我也得多一份洋罪。不穿洋服，可是我天天刮胡子，这一来是耍洋派，二来表示我并不完全不怕太太。完全不怕太太的人不易发财，真的！

说到了玩，此地没有什么游艺场。此地根本是个避暑的所在，成年价在这儿住，当然是别扭。京戏偶尔来几个名角，戏价总要两三块，咱犯不上去。平日呢，老有蹦蹦戏，听着又不过瘾。电影院有几处，夏天才来好片子；冬天只是对付事儿，我假若的避宿，赶到惊蛰再去，也还不迟。公园真好，道路真好，海岸真好，遇上晴天我便去走，既不用花钱，而且接近了自然。在别方面受的罪，由这个享受补过来，这叫做穷欢喜。

总起来说，青岛不是个坏地方，官员们也真卖力气建设。所谓洋罪，是我的毛病，穷。假若我一旦发了财，我必定很喜欢这里。等着吧，反正咱不能穷一辈子。

想北平

设若让我写一本小说，以北平作背景，我不至于害怕，因为我可以捡着我知道的写，而躲开我所不知道的。让我单摆浮搁的讲一套北平，我没办法。北平的地方那么大，事情那么多，我知道的真觉太少了，虽然我生在那里，一直到廿七岁才离开。以名胜说，我没到过陶然亭，这多可笑！以此类推，我所知道的那点只是“我的北平”，而我的北平大概等于牛的一毛。

可是，我真爱北平。这个爱几乎是要说而说不出的。我爱我的母亲。怎样爱？我说不出。在我想作一件讨她老人家喜欢的时候，我独自微微的笑着；在我想到她的健康而不放心的时候，我欲落泪。言语是不够表现我的心情的，只有独自微笑或落泪才足以把内心揭露在外面一些来。我之爱北平也近乎这个。夸奖这个古城的某一点是容易的，可是那就把北平看得太小了。我所爱的北平不是枝枝节节的一些什么，而是整个儿与我的心灵相粘合的一段历史，一大块地方，多少风景名胜，从雨后什刹海的蜻蜓一直到我梦里的玉泉山的塔影，都积凑到一块，每一小的事件中有个我，我的每一思念中有个北平，这只有说不出而已。

真愿成为诗人，把一切好听好看的字都浸在自己的心血里，像杜鹃似的啼出北平的俊伟。啊！我不是诗人！我将永远道不出我的爱，一种像由音乐与图画所引起的爱。这不但是辜负了北平，也对不住我自己，因为我的最初的知识与印象都得自北平，它是在我的血里，我的性格与脾气里有许多地方是这古城所赐给的。我不能爱上海与天津，因为我心中有个北平。可是我说不出来！

伦敦，巴黎，罗马与堪司坦丁堡，曾被称为欧洲的四大“历史的都城”。我知道一些伦敦的情形；巴黎与罗马只是到过而已；堪司坦丁堡根本没有去过。就伦敦，巴黎，罗马来说，巴黎更近似北平——虽然“近似”两字要拉扯得很远——不过，假使让我“家住巴黎”，我一定会和没有家一样的感到寂苦。巴黎，据我看，还太热闹。自然，那里也有空旷静寂的地方，可是又未免太旷；不像北平那样既复杂而又有个边际，使我能摸着——那长着红酸枣的老城墙！面向着积水潭，背后是城墙，坐在石上看水中的小蝌蚪或苇叶上的嫩蜻蜓，我可以快乐的坐一天，心中完全安适，无所求也无可怕，像小儿安睡在摇篮里。是的，北平也有热闹的地方，但是它和太极拳相似，动中有静。巴黎有许多地方使人疲乏，所以咖啡与酒是必要的，以便刺激；在北平，有温和的香片茶就够了。

论说巴黎的布置已比伦敦罗马匀调的多了，可是比上北平还差点事儿。北平在人为之中显出自然，几乎是什么地方既不挤得慌，又不太僻静：最小的胡同里的房子也有院子与树；最空旷的地方也离买卖街与住宅区不远。这种分配法可以算——在我的经验中——天下第一了。北平的好处不在处处设备得完全，而在它处处有空儿，可以使人自由的喘气；不在有好些美丽的建筑，而在建筑的四围都有空闲的地方，使它们成为美景。每一个城楼，每一个牌楼，都可以从老远就看见。况且在街上还可以看见北山与西山呢！

好学的，爱古物的，人们自然喜欢北平，因为这里书多古物多。我不好学，也没钱买古物。对于物质上，我却喜爱北平的花多菜多果子多。花草是种费钱的玩艺，可是此地的“草花儿”很便宜，而且家家有院子，可以花不多的钱而种一院子花，即使算不了什么，可是到底可爱呀。墙上的牵牛，墙根的靠山竹与草茉莉，是多么省钱省事而也足以招来蝴蝶呀！至于青菜，白菜，扁豆，毛豆角，黄瓜，菠菜等等，大多数是直接由城外担来而送到家门口的。雨后，韭菜叶上还往往带着雨时溅起的泥点。青菜摊子上的红红绿绿几乎有诗似的美丽。果子有不少是由西山与北山来的，西山的沙果，海棠，北山的黑枣，柿子，进了城还带着一层白霜儿呀！哼，美国的橘子包着纸；遇到北平的带霜儿的玉李，还不愧杀！

是的，北平是个都城，而能有好多自己产生的花，菜，水果，这就使人更接近了自然。从它里面说，它没有像伦敦的那些成天冒烟的工厂；从外面说，它紧连着园林，菜圃与农村。采菊东篱下，在这里，确是可以悠然见南山的；大概把“南”字变个“西”或“北”，也没有多少了不得的吧。像我这样的一个贫寒的人，或者只有在北平能享受一点清福了。

好，不再说了吧；要落泪了，真想念北平呀！

趵突泉的欣赏

千佛山、大明湖和趵突泉，是济南的三大名胜。现在单讲趵突泉。

在西门外的桥上，便看见一溪活水，清浅，鲜洁，由南向北的流着。这就是由趵突泉流出来的。设若没有这泉，济南定会丢失了一半的美。但是泉的所在地并不是我们理想中的一个美景。这又是个中国人的征服自然的办法，那就是说，凡是自然的恩赐交到中国人手里就会把它弄得丑陋不堪。这块地方已经成了个市场。南门外是一片喊声，几阵臭气，从卖大碗面条与肉包子的棚子里出来。进了门有个小院，差不多是四方的。这里，“一毛钱四块！”和“两毛钱一双！”的喊声，与外面的“吃来”联成一片。一座假山，奇丑；穿过山洞，接联不断的棚子与地摊，东洋布，东洋磁，东洋玩具，东洋……加劲的表示着中国人怎样热烈的“不”抵制劣货。这里很不易走过去，乡下人一群跟着一群的来，把路塞住。他们没有例外的全买一件东西还三次价，走开又回来摸索四五次。小脚妇女更了不得，你往左躲，她往左扭；你往右躲，她往右扭，反正不许你痛快的过去。

到了池边，北岸上一座神殿，南西东三面全是唱鼓书的茶棚，唱的多半是梨花大鼓，一声“哟”要拉长几分钟，猛听颇像产科医院的病室。除了茶棚还是日货摊子，说点别的吧！

泉太好了。泉池差不多见方，三个泉口偏西，北边便是条小溪流向西门去。看那三个大泉，一年四季，昼夜不停，老那么翻滚。你立定呆呆的看三分钟，你便觉出自然的伟大，使你不敢再正眼去看。永远那么纯洁，永远那么活泼，永远那么鲜明，冒，冒，冒，永不疲乏，永不退缩，只是自然有这样的力量！冬天更好，泉上起了一片热气，白而轻软，在深绿的长的水藻上飘荡着，使你不由的想起一种似乎神秘的境界。

池边还有小泉呢：有的像大鱼吐水，极轻快的上来一串小泡；有的像一串明珠，走到中途又歪下去，真像一串珍珠在水里斜放着；有的半天才上来一个泡，大，扁一点，慢慢的，有姿态的，摇动上来；碎了；看，又来了一个！有的好几串小碎珠一齐挤上来，像一朵攒整齐的珠花，雪白。有的……这比那大泉还更有味。

新近为增加河水的水量，又下了六根铁管，做成六个泉眼，水流得也很旺，但是我还是爱那原来的三个。

看完了泉，再往北走，经过一些货摊，便出了北门。

前年冬天一把大火把泉池南边的棚子都烧了。有机会改造了！造成一个公园，各处安着喷水管！东边作个游泳池！有许多人这样的盼望。可是，席棚又搭好了，渐次改成了木板棚；乡下人只知道趵突泉，把摊子移到"商场"去（就离趵突泉几步）买卖就受损失了；于是"商场"四大皆空，还叫趵突泉作日货销售场；也许有道理。

非正式的公园

济南的公园似乎没有引动我描写它的力量，虽然我还想写那么一两句；现在我要写的地方，虽不是公园，可是确比公园强的多，所以——非正式的公园；关于那正式的公园，只好，虽然还想写那么一两句，待之将来。

这个地方便是齐鲁大学，专从风景上看。齐大在济南的南关外，空气自然比城里的新鲜，这已得到成个公园的最要条件。花木多，又有了成个公园的资格。确是有许多人到那里玩，意思是拿它当作——非正式的公园。

逛这个非正式的公园以夏天为最好。春天花多，秋天树叶美，但是只在夏天才有“景”，冬天没有什么特色。

当夏天，进了校门便看见一座绿楼，楼前一大片绿草地，楼的四周全是绿树，绿树的尖上浮着一两个山峰，因为绿树太密了，所以看不见树后的房子与山腰，使你猜不到绿荫后边还有什么；深密伟大，你不由的深吸一口气。绿楼？真的，“爬山虎”的深绿肥大的叶一层一层的把楼盖满，只露着几个白边的窗户；每阵小风，使那层层的绿叶掀动，横着竖着都动得有规律，一片竖立的绿浪。

往里走吧，沿着草地——草地边上不少的小蓝花呢——到了那绿荫深处。这里都是枫树，树下四条洁白的石凳，围着一片花池。花池里虽没有珍花异草，可是也有可观；况且往北有一条花径，全是小红玫瑰。花径的北端有两大片洋葵，深绿叶，浅红花；这两片花的后面又有一座楼，门前的白石阶栏像享受这片鲜花的神龛。楼的高处，从绿槐的密叶的间隙里看到，有一个大时辰钟。

往东西看，西边是一进校门便看见的那座楼的侧面与后面，与这座楼平行，花池东边还有一座；这两座楼的侧面山墙，也都是绿的。花径的南端是白石的礼堂，堂前开满了百日红，壁上也被绿蔓爬匀。那两座楼后，两大片草地，平坦，深绿，像张绿毯。这两块草地的南端，又有两座楼，四周围蔷薇作成短墙。设若你坐在石凳上，无论往哪边看，视线所及不是红花，便是绿叶；就是往上下看吧：下面是绿草，红花，与树影；上面是绿枫树叶。往平里看，有时从树隙花间看见女郎的一两把小白伞，有时看男人的白大衫。伞上衫上时时落上些绿的叶影。人不多，因为放暑假了。

拐过礼堂，你看见南面的群山，绿的。山前的田，绿的。一个绿海，山是那些高的绿浪。

礼堂的左右，东西两条绿径，树荫很密，几乎见不着阳光。顺着这绿径走，不论是往西往东，你看见些小的楼房，每处有个小花园。园墙都是矮松做的。

春天的花多，特别是丁香和玫瑰，但是绿得不到家。秋天的红叶美，可是草变黄了。冬天树叶落净，在园中便看见了山的大部分，又欠深远的意味。只有夏天，一切颜色消沉在绿的中间，由地上一直绿到树上浮着的绿山峰，成功以绿为主色的一景。

写　字

假若我是个假鬼子，我一定也得以为中国字有趣。换个样儿说，一个中国人而不会写笔好字，必定觉得不是味儿；所以我常不得劲儿。

写字算不算一种艺术，和作官算不算革命，我都弄不清楚。我只知道字好看着顺眼。顺眼当然不一定就是美，正如我老看自己的鼻子顺眼而不能自居姓艺名术字子美。可是顺眼也不算坏事，还没有人因鼻子长得顺眼而去投河。再说，顺眼也颇不容易；无论你怎样自居为宝玉，你的鼻子没有我的这么顺眼，就干脆没办法；我的鼻子是天生带来的，不是在医院安上的。说到写字，写一笔漂亮字儿，不容易。工夫，天才，都得有点。这两样，我都有，可就没人求我写字，真叫人起急！

看着别人写，个儿是个儿，笔力是笔力，真馋得慌。尤其堵得慌的是看着人家往张先生或李先生那里送纸，还得作揖，说好话，甚至于请吃饭。没人理我，我给人家作揖，人家还把纸藏起去。写好了扇子，白送给人家，人家道完谢，去另换扇面。气死人不偿命，简直的是！

只有一个办法：遇上丧事必送挽联，遇上喜事必送红对，自己写。敢不挂，玩命！人家也知道这个，哪敢不挂？可是挂在什么地方就大有分寸了。我老得到不见阳光，或厕所附近，找我写的东西去。行一回人情总得头疼两天。

顶伤心的是我并不是不用心呀。哼，越使劲越糟！纸是好纸，墨是好墨，笔是好笔，工具满对得起人。写的时候，焚上香，开开窗户，还先读读碑帖。一笔不苟，横平竖直；挂起来看吧，一串倭瓜，没劲！不是这个大那个小，就是歪着一个。行列有时像歪脖树，有时像曲线美。整齐自然不是美的要素；要命是个个字像傻蛋，怎么耍俏怎么不行。纸算糟蹋远去啦。要讲成绩的话，我就有一样好处，比别人糟蹋的纸多。

可是，“东风常向北，北风也有转南时”，我也出过两回锋头。一回是在英国一个乡村里。有位英国朋友死了，因为在中国住过几年，所以留下遗言，墓碑上要几个中国字。我去吊丧，死鬼的太太就这么跟我一提。我晓得运气来了，登时包办下来；马上回伦敦取笔墨砚，紧跟着跑回去，当众开彩。全村子的人横是差不多都来了吧，只有我会写；我还告诉他们：我不仅是会写，而且写得好。写完了，我就给他们掰开揉碎的一讲，这笔有什么讲究，哪笔有什么讲究。他们的眼睛都睁得圆圆的，眼珠里满是惊叹号。我一直痛快了半个多月。后来，我那几个字真刻在石头上了，一点也不瞎吹。“光荣是中国的，艺术之神多着一位。天上落下白米饭，小鬼啊啊的哭；因为仓颉泄露了天机！”我还记得作了这样高伟的诗。

第二回是在中国，这就更不容易了。前年我到远处去讲演。那里没有一个我的熟人。讲演完了，大家以为我很有学问，我就棍打腿的声明自己的学问很大，他们提什么我总知道，不知道的假装一笑，作为不便说，他们简直不晓得我吃几碗干饭了，我更不便于告诉他们。提到写字，我又那么一笑。喝，不大会儿，玉版宣来了一堆。我差点笑疯了。平常老是自己买纸，这回我可捞着了！我也相信这次必能写得好：平常总是拿着劲，放不开胆，所以写的不自然；这次我给他个信马由缰，随笔写来，必有佳作。中堂，屏条，对联，写多了，直写了半天。写得确是不坏，大家也都说好。就是在我辞别的时候，我看出点毛病来：好些人跟招待我的人嘀咕，我很听见了几句："别叫这小子走！""那怎么好意思？""叫他赔纸！""算了吧，他从老远来的。"……招待员总算懂眼，知道我确是卖了力气写的，所以大家没一定让我赔纸；到如今我还以为这一次我的成绩顶好，从量上质上说都下得去。无论怎么说，总算我过了瘾。

我知道自己的字不行，可有一层，谁的孩子谁不爱呢！是不是，二哥？

文　牛

干哪一行的总抱怨哪一行不好。在这个年月能在银行里，大小有个事儿，总该满意了，可是我的在银行作事的朋友们，当和我闲谈起来，没有一个不觉得怪委屈的。真的，我几乎没有见过一个满意、夸赞他的职业的。我想，世界上也许有几位满意于他们的职业的人，而这几位人必定是英雄好汉。拿破仑、牛顿、爱因司坦、罗斯福，大概都不抱怨他们的行业“没意思”，虽然不自居拿破仑与牛顿，我自己可是一向满意我的职业。我的职业多么自由啊！我用不着天天按时候上课或上公事房，我不必等七天才到星期日；只要我愿意，我可连着有一个星期的星期日！

我的资本很小，纸笔墨砚而已。我的生活可以按照自己的意思安排，白天睡，夜里醒着也好，昼夜都不睡也可以；一日三餐也好，八餐也好！反正我是在我自己的屋里操作，别人也不能敲门进来，禁止我把脚放在桌子上。专凭这一点自由，我就不能不满意我的职业。况且，写得好吧歹吧，大致都能卖出去，喝粥不成问题，倒也逍遥自在；虽然因此而把妒忌我的先生们鼻子气歪，我也没法子代他们去搬正！

可是，在近几个月来，也不知怎么我也失去了自信，而时时不满意我的职业了。这是吉是凶，且不去管，我只觉得“不大是味儿”！心里很不好过！

我的职业是“写”。只要能写，就万事亨通，可是，近来我写不上来了！问题严重得很，我不晓得生了娃娃而没有奶的母亲怎样痛苦，我可是晓得我比她还更痛苦。没有奶，她可以雇乳娘，或买代乳粉，我没有这些便利。写不出就是写不出，找不到代替品与代替的人。

天天能写一点，确实能觉得很自由自在，赶到了一点也写不出的时节呀，哈哈，你便变成世界上最痛苦的人！你的自由，闲在，正是对你的刑罚；你一分钟一分钟无结果的度过，也就每一分钟都如坐针毡！

你不但失去工作与报酬，你简直失去了你自己！

一夏天除了阴雨，我的卧室兼客厅兼饭厅兼浴室兼书房的书房，热得老像一只大火炉，夜间一点钟以后，我才能勉强的进去睡。睡不到四个小时，我就必须起来，好乘早凉儿工作一会儿；一过午，屋内即又成烤炉。一夏天，我没有睡足。睡不足，写的也就不多，一拿笔就觉得困啊。我很着急，但是想不出办法，缙云山上必定凉快，谁去得起呢！

入秋，我本想要“好好”的工作一番，可是天又霉，纸烟的价钱好像疯了似的往上涨。只好戒烟，我曾经声明过：“先上吊，后戒烟！”以示至死不戒烟的决心。现在，自己打了嘴巴，最坏的烟卖到一百元一包（二十枝：我一天须吸三十枝），我没法不先戒烟，以延缓上吊之期了；人都惜命呀！没有烟，我只会流汗，一个字也写不出！戒烟就是自己跟自己摔跤。整天的摔跤我怎能写字呢？半个月，没写出一个字！

烟瘾稍杀，又打摆子，本来贫血，摆子使血更贫。于是，头又昏起来。不留神，猛一抬头，或猛一低头，眼前就黑那么一下，老使人有“又要停电”之感！每天早上，总盼着头不大昏，幸而真的比较清爽，我就赶快的高高兴兴去研墨，期望今天一下子能写出两三千字来。墨研好了，笔也拿在手中，也不知怎么的，头中轰的一下，生命成了空白，什么也没有了，除了一点轻微的嗡嗡的响声。这一阵好容易过去了，脑中开始抽着疼，心中烦躁得要狂喊几声！只好把笔放下——文人缴械！一天如此，两天如此，忍心的、耐性的、敷衍自己："明天会好些的！"第三天还是如此，我开始觉得："我完了！"放下笔，我不会干别的！是的，我晓得我应当休息，并且应当吃点补血的东西——豆腐、猪肝、猪脑、菠菜、红萝卜等。但是，这年月谁休息得起呢？紧写慢写还写不出香烟钱怎敢休息呢？至于补品，猪肝岂是好惹的东西，而豆腐又一见双眉紧皱，就是菠菜也不便宜啊！如此说来，理应赶快服点药，使身体从速好起来。可是西药贵如金，而中药又无特效，怎办呢？到了这般地步，我不能不后悔当初为什么单单选择这一门职业了！唱须生的倒了嗓子，唱花旦的损了面容，大概都会明白我的苦痛：这苦痛是来自希望与失望的相触，天天希望，天天失望，而生命就那么一天天的白白的摆过去，摆向绝望与毁灭！

最痛苦是接到朋友征稿的函信的时节。

朋友不仅拿你当作个友人，而且是认为你是会写点什么的人。可是，你须向友人们道歉；你还是你，你也已经不是你——你已不能够作了！

吃的是草，挤出的是牛奶；可是，文人的身体并不和牛一样壮，怎办呢？

青年朋友们，假使你没有变成一头牛的把握，请不要干我这一行事吧；当你写不出字来的时候，你比谁的痛苦都更大！我是永不怨天尤人的人，今天我只后悔自己选错了职业——完全是我自己的事，与别人毫不相干。我后悔作了写家的正如我后悔"没"作生意，或税吏一样；假若我起初就作着囤积居奇，与暗中拿钱的事，我现在岂不正兴高采烈的自庆前程远大么？啊，青年朋友们，假使你健壮如牛，也还要细想一想再决定吧，即在此处，牛恐怕是永远没有希望的动物，管你，和我一样的，不怨天尤人。

图书在版编目（CIP）数据

爱听老舍. Ⅲ，散文精选集 / 老舍著. — 北京：中国国际广播出版社，2017.3
（爱听系）
ISBN 978-7-5078-3498-7

Ⅰ. ①爱… Ⅱ. ①老… Ⅲ. ①散文集—中国—现代 Ⅳ. ①I216.2

中国版本图书馆CIP数据核字（2017）第031145号

爱听老舍Ⅲ：散文精选集

著　　者	老　舍
播 讲 者	段　纯
责任编辑	林钰鑫　李　卉
版式设计	国广设计室
责任校对	徐秀英
出版发行	中国国际广播出版社［010-83139469　010-83139489（传真）］
社　　址	北京市西城区天宁寺前街2号北院A座一层 邮编：100055
网　　址	www.chirp.com.cn
经　　销	新华书店
印　　刷	环球东方（北京）印务有限公司
开　　本	850×1168　1/32
字　　数	100千字
印　　张	8.5
版　　次	2017 年 3 月　北京第一版
印　　次	2017 年 3 月　第一次印刷
定　　价	32.00元（含mp3光盘）

CRI 中国国际广播出版社　欢迎关注本社新浪官方微博　官方网站 www.chirp.cn

版权所有
盗版必究